最良の嘘の最後のひと言

[illegible]

検索エンジンとSNSで世界的な成功を収めた企業・ハルウィンには，超能力研究の噂があった。それを受け，ハルウィンはジョーク企画として「4月1日に年収8000万で超能力者をひとり採用する」という告知を出す。そして審査を経て，自称超能力者の7名が3月31日の夜に街中で行われる最終試験に臨むことに。ある目的のために参加した大学生・市倉は，同じ参加者の日比野という少女と組み，1通しかない採用通知書を奪うため，策略を駆使して騙し合いに挑む。『いなくなれ、群青』，〈サクラダリセット〉の著者が贈る，ノンストップ・ミステリ。

最良の嘘の最後のひと言

河　野　　裕

創元推理文庫

THE LAST WORD OF THE BEST LIE

by

Yutaka Kono

2017

目　次

最良の嘘の最後のひと言

プロローグ

ハロー。インストールありがとうございます。

私はソラ。今夜の最終試験をサポートするために生み出された、音声入力対応の秘書機能アプリケーションです。

「よろしく、ソラ」

よろしくお願いします。

それじゃあ、試験の概要を説明しますね。

「スキップ」

ごめんなさい、試験の概要はスキップできません。ややこしいルールがあるんです。ほら、うちのソフトをダウンロードすると、いつも馬鹿みたいに長い利用規約に同意させられるでしょ？　たいていのユーザはため息ひとつで「同意する」をクリックしているのかもしれませんが、でも弊社にしてみれば、一応はすべてのユーザが全文を読んで、重要な個所にはアンダーラインを引いて、ひとつの疑問もなく同意してくれているのだと信じるしかないのです。立場としては。わかりますよね？

「モニターにアンダーラインを引く人はいない」

あくまでそういう意識でってことですよ。必要ならプリントアウトすればいいのです。弊社の利用規約でいえば、チェックボックスの右隣に「ＰＤＦファイルでダウンロード」というボタンがあるので――

「もういい、わかった。ソラ、試験の説明を」

オーケイ。了解いたしました。

採用試験に応募して、履歴書を書いて、面接まで受けたのですからもうご存じだと思いますが、弊社――ハルウィンはこの度、特別な求人を出すことにいたしました。月給は五〇〇万円で、さらに年に二回、それぞれ給与二か月分のボーナスがつきます。年収八〇〇〇万というのは、通常のうちの新卒採用に比べて一〇倍に近い水準になります。弊社に定年という制度はありませんが、六五歳までは雇用を約束いたしますし、もちろん退職金も出ますよ。

簡単に言ってしまえば、採用者にはそれなりにリッチな生活を送れる生涯を、ハルウィンがお約束いたします。ですがもちろん、この待遇が過剰だというわけではありません。

今回、弊社が採用条件欄に記載したのはたった一行だけです。もちろんあなたも知っていますよね？

「超能力者であること」

イエス。その通りです。

ほかの資格はひとつもいりません。年齢も性別も生物学的にみてヒト科に属しているのかも判断基準にはなりません。ワードもエクセルもパワーポイントも使えなくていいのです。画期的ですよね？

もちろん今のところ、人類は超能力者を発見していません。正確には、本物の超能力者以外の多くの人類は、ということですけれど。「すべての個人の能力と世界をダイレクトに繋げる」という理念を掲げているハルウィンとしては、この辺りでシャイな超能力者を歴史の表舞台にひっぱりだしたいわけです。だってその方が面白そうですから。

いいですか？　うちは本気なのです。採用試験の結果発表を四月一日にしちゃったせいで、世間にはジョーク企画だと思われているみたいですが、でも考えてみてください。この試験にいくらお金がかかっていると思ってるんですか。CMならもっと上手いことやりますよ。マーケティング部のことはよく知らないけど、彼らにもそれなりの給与を支払っているんだから、きっと。

ひと月の応募期間で、ハルウィンには二万通くらいの履歴書が届きました。書類審査の競争率は一五〇倍を超えたけれど、それでも面接まで進んだのが一二六人と三匹。オウムの面接までしたみたいですよ、明日の天気を予言するっていう。残念ながら外れちゃいましたけど。ともかく面接の結果、本物の超能力者かもしれないということになったのが七名。そのうちのひとりがあなたです。おめでとうございます。

「ありがとう」

いいんですよ。うちとしても本物の超能力者がみつかれば、それは喜ばしいことです。

あなたには最終試験に進む権利があります。面接を通過した七名にちょっとした「実技」をしてもらって、いちばん優秀なひとりを選ぼうってわけです。

さて、あなたには、最終試験に進む意思がありますか？

「ある」

それを聞いて安心しました。

採用試験は本日——三月三一日の一八時に始まって、二四時、つまり四月一日に日づけが変わる瞬間までに終了します。深夜まで試験が続くわけですが、問題ありませんか？

「大丈夫、問題ない」

オーケイ。

ところであなたを含む七名の参加者には、受験番号を振らせていただいています。送付している「最終試験のお知らせ」に載っていましたよね？　別に気にしなくてもいいんですけど、一応、便利な能力をもっている人ほど若い番号になっています。こちらの評価では、ナンバー1がもっとも有利で、ナンバー7がもっとも不利。そしてナンバー1にだけ、すでに採用通知書を郵送しています。

その採用通知書が、今回の試験では重要な意味を持ちます。

ハルウィンが超能力者と認め、年収八〇〇〇万で雇用するのは、この試験で最終的に採用通知書を手にしているたったひとりです。つまりナンバー1は、手元に届いた採用通知書を試験の終了時まで守り続ける必要があります。ほかの六名は、なんとか採用通知書を奪い取る必要があるというわけです。

ここまでで疑問はありませんか？

「ない。大丈夫」

オーケイ。

採用通知書は、試験の終了までにこちらの係員に提出してもらうことになっています。係員は所定の場所で、じっとあなたが来るのを待っているのです。試験終了の一時間ほど前にその場所をお教えいたします。

「私はゴールで、係員に採用通知を渡せばいい」

その通り。係員に採用通知を手渡せばその場でハルウィンの社員証と交換いたします。勤務は四月四日からですが、予定は空いていますか？

「大丈夫」

それはよかった。勤め始めて半年間は、有給も発生しませんから。

さて、続いて、試験会場について説明しますね。

あなたの手元にはすでに、新幹線のチケットと、今夜の宿泊手続きを済ませているホテルの案内が届いているはずです。なかなか見晴らしのよい部屋みたいですよ。でも注目して欲しいのは、新幹線のチケットの方。その行き先が、今回の試験会場です。正確には駅を中心に、半径五キロメートルとなっています。

今夜の試験では、その範囲から採用通知書を持ち出すことを禁止しています。もし採用通知書が範囲の外に出てしまうと、そこで試験は中止。ルールの違反者は不採用にして、残りで再試験を行います。採用通知書を破ったり、燃やしたり、付属している発信機を取り外したりしてもだめです。わかりましたか?

「わかった。採用通知は範囲から持ち出せず、破損することも許されない」

その通りです。

ルール違反はあと三つあります。

一つ目。ハルウィンは試験期間中の出来事で、法的に裁かれた者を不採用とします。ちょっと車のアクセルを踏み込みすぎただけでも、それで警察に捕まっちゃうとおしまいだから気をつけてくださいね。

「捕まらなければ?」

あとから呼び出されてもだめですよ。誰にもみつからなければ、うちとしても不採用にする理由はないけれど、でもハルウィンは優良企業だと自認していますし、こんなにも目立つ採用試験で不祥事が起こっちゃうと色々面倒なのですよ。わかりますよね? だから優等生として振る舞って欲しいわけです。ほかの会社の、多くの採用試験がそうであるように。

「わかった。優等生のふりをする」

ありがとうございます。もちろん本物の優等生でも、弊社としてはなんの問題もありませんが。

では、二つ目です。試験期間中は、私——秘書機能アプリケーション「ソラ」を起動した状態で、常に身近に置いておかなければなりません。

「どうして?」

私の方で、ちょっとした試験のサポートをすることになっているからですよ。ほかの参加者の場所を教えたりして、試験がただの「かくれんぼ」にならないようにする予定です。だからこのアプリを終了させせたりスマートフォンごと隠されたりなんてことがあると、色々と困っちゃいます。

嫌なら試験を辞退してもらうしかないんですが、問題ありませんか？

「ない。貴女(あなた)をつけっぱなしにしておくし、いつも持ち歩いている」

ありがとうございます。一緒にこの採用試験を乗り切りましょう。バッテリーの残量には気をつけてくださいね。

最後に、三つ目です。動物は決して傷つけてはいけません。これは弊社の社長の方針です。あまり知られていませんが、彼は動物愛護団体に多額の寄付を行っています。とくに犬が好きみたいで、殺処分には全面的に反対です。軽く頭を叩くだけでも即失格ですので、ご注意くださいね。

「わかった。犬は特別に大事にするし、ほかの動物も傷つけない」

オーケイ。ありがとうございます。

説明は以上です。正式に、あなたと一緒に働けるのを楽しみにしています。

「みんなにそう言ってるんでしょ？」

当たり前ですよ。秘書機能アプリケーションってそういうものですから。でも本心です。必要なら気軽に呼び出してください。できる限りの手助けはしますよ。言い方を変えると、プログラムで許可されている限りの手助けは。

とくに質問がなければ、説明を終了いたします。

「質問はない。さよなら、ソラ。本番でもよろしく」

はい。よろしくお願いいいたします。

1話
幕が上がれば演じ続けろ

18：00～

最終試験のお知らせ

先日は弊社の社員採用面接にお越しいただき、誠にありがとうございました。

ぜひあなたに最終試験にご参加いただきたいと考えております。

最終試験は下記の通りに行います。

日　時　3月31日（金） 18:00 ～ 24:00
試験会場　同封の新幹線チケットをご参照ください。到着駅を中心に半径5キロメートルの範囲が試験会場となります。
受験番号　3番

〈試験内容〉

受験番号が1番の参加者に、事前に採用通知書をお渡しいたします。

番号が2番以降の参加者には、その採用通知書を奪取していただきます。

試験時間の終了時、採用通知書を手にしている1名のみを採用といたします。


〈禁止事項〉

採用通知書を上記の試験会場外に持ち出すことを禁止いたします。採用通知書には小型の発信機がついております。それを取り外すことも禁止いたします。

また、試験中の行動で法的に裁かれた場合、失格といたします。


なお、試験の終了が深夜になりますので、弊社で宿泊の手配をしております。

同封のホテル案内をご確認ください。

それでは、最終試験へのご参加を心よりお待ちしております。

1　18時15分

スピーカーからは抑えた音量で、スコット・ジョプリンの「ジ・エンターテイナー」が流れている。ラグタイムと呼ばれるジャンルには詳しくないが、この曲がテーマになっている映画のファンで、昨日たまたまCDが安売りされていたから購入したものだ。

運転席と助手席のあいだからみえるメーターの針は、法定速度よりも二〇キロほど先を指しているようだ。フロントガラスの向こうでは、深い緑色のレトロな自動車が同じ速度で走っている。旧式のミニクーパーだ。丸いフォルムの玩具(おもちゃ)じみた車体には好感が持てるが、カーチェイスに向いた車にはみえない。

「ぶつけるか?」

と運転席の男が言った。

「いや。さすがにそれは、お巡(まわ)りさんきちゃうでしょ」

と助手席の男が答える。

三月三一日、一八時一五分。ちょうど夕焼けのピークだ。空は赤く染まっている。

ハルウィン社の採用試験の参加者、市倉真司(いちくらしんじ)は、後部座席に座っていた。すぐ隣には大きなスーツケースがふたつ積まれている。速度を落とさずに角を曲がるたび、それが気に障る音をたてて揺れる。市倉はもたもたとスマートフォンを操作する。開いているのは秘書機能アプリケーション「ソラ」だが、今はモニターに周辺五〇〇メートルほどの地図が表示されている。道路の前方を4番が走り、後ろを三つの数字が追いかけている。重なり合っているため読みづらいが、そこには1、2、6と書かれているはずだ。

ルームミラーに映り込んだ運転席の男が、苛立たしげに口を歪(ゆが)める。

「お前の能力でなんとかならないのか？」

彼がナンバー6。ハルウィンにより、6番目に優秀だと評価された能力者、聖沢巧(ひじりさわたくみ)。資料では二九歳となっているが、一見する限りではもう少し若くみえる。二メートル近い巨体の、筋肉の塊(かたまり)のような男だ。短く刈り込んだ髪は、くすんだ銀色に染められている。黒いTシャツから伸びる太い腕はそれ自体が鈍器のように重たげだった。

助手席の男は、微笑(ほほえ)んで両手を広げてみせる。

「おいおい、試験開始一五分で手の内を明かせってのかい？」

彼がナンバー2。穂積正幸(ほづみまさゆき)。資料によれば三五歳で、今夜の試験では二番目に年長者だ。聖沢とは対照的に細身の男で、中折れ帽を目深(まぶか)に被り、よれた黒いジャケットを羽織っている。口元の髭(ひげ)はまばらで、意図して伸ばしているという風でもなかった。

「怖いのか？」

「切り札は最後まで取っておきたいタイプでね。そういえばウノの正式ルールじゃ、ドロー4で上がっても反則じゃないらしいんだけど、君のところはどうだった？」

「話を逸らすなよ、ナンバー2」

「まあ待て。考えてみてよ。誰だって先に能力をみせるのは嫌なもんでしょ?」

「悠長なことを言ってる場合かよ。すぐにほかのナンバーも寄ってくるぞ」

「ホントに?　どうだい、ナンバー1」

市倉はため息をついた。スマートフォンのモニターをみつめたまま、答える。

「ナンバー5が比較的近くにいる。オレたちに近づいてくるよ。でも接触まではまだもう少しかかる。ナンバー3は駅の北側をゆっくりと西へ移動。ずいぶん離れている」

「なるほどねぇ。それで、シークレットナンバー7は?」

「いない。表示されてない」

地図の範囲を最大まで広げても、映る数字は1から6までだ。7番はどこにもない。

運転席の聖沢が、苛立たしげに言った。

「棄権したんだろ。所詮はナンバー7だ」

だが穂積は首を振る。

「そうとも限らないでしょ。なにか能力を使ってるのかもしれない」

「どんな能力だよ」

「さあね。精密機器を狂わせるとか?　そんなのかもしれない」

聖沢は舌打ちした。

「なんでもいい。ともかくナンバー4を片付けろよ」

「おいおい、ナンバー5がこっちにくるんだぜ?」

「だからこそだ。さっさとやった方がいい」

「だとしても、だよ。どうして俺なんだ?　まずサービスするべきなのは、やっぱりナンバー1じゃないか?」

穂積が口元に笑みを浮かべたまま、ちらりとこちら――後部座席をみた。市倉はようやくスマートフォンから顔を上げ、不機嫌そうに眉を寄せる。

「オレの能力は、そういうんじゃない」

「そういうのって?」

「つまり、女の子を捕まえるのに向いた能力じゃない」

前方を走るミニクーパーのハンドルを握っているのは、若い女だ。

思わず、ため息が漏れる。

――まったく。相変わらずのトラブル体質だ。

高額の年収が約束される採用試験の最中とはいえ、男三人で女性ひとりを追いかけまわすのは市倉の好みではない。違うはずだ。加えていうなら、彼はナンバー1でもない。

市倉がこの後部座席に座ることになったのには、奇妙な成り行きがあった。

※

話は三〇分ほど前に遡る。

一七時四五分——日暮れが近づき青空がその深みを増したころ、市倉真司はハルウィンが手配したホテルを出た。大都会のシティホテルに比べればいくぶん小規模だが、一応はレストランやバーが入っている、この辺りでは最上位に位置するホテルらしい。見栄えを気にしたのだろう、エントランスにはとくに予算をかけているようだ。彼のよれたTシャツ姿では浮いていた。市倉はうつむきがちに、足早に歩く。

彼が声をかけられたのは、そのときだ。

「ねぇ、あんた」

振り返る。すぐ目の前に、ベリーショートを金色に染めた少女が立っている。ほっそりとした身体つきの少女だ。ボディラインにぴったりと沿う革製の上下を着こんでいる。ジャケットは深いブラウンで、パンツは黒い。彼女は顔の前にかざしたスマートフォンを操作しながら、首を傾げた。

「あんた、ナンバーはいくつなの?」

市倉の表情が、露骨に警戒の色を帯びる。ハルウィンの採用試験の開始が一五分後に迫ったこのタイミングで、ナンバーという言葉が持つ意味はひとつだけだ。

「君は? ハルウィンの関係者か?」

「あんたと同じだよ。試験の参加者」

「どうしてオレのことを知ってるんだよ」

少女は笑って、自身のこめかみの辺りを、左手で叩いた。

「テレパシーってやつ？　ほら、相手の思考が読めるっていう」

「本当に？」

「だったら色々、便利そうだけどね。嘘だよ」

彼女は口元を笑みの形に歪めた。丸い瞳で市倉をみつめる。

「あんたも面接を受けたでしょ。そのとき、ちょっとみかけたから」

「記憶力がいいんだな」

「ってか、頑張って覚えたんだよ。写真も撮った。みる？」

「気づかなかった。ずいぶん用意がいい」

「わりと普通だと思うけど？　面接のあとにもうひとつ試験があるのはわかってたんだから、ライバルは気になるよね。私はできるだけ周りに気を配ってたし、同じようにしてる人は他にもぽつぽつみかけたよ」

「なるほどな」

市倉は頷く。昔から素直な性格なのだ。表情もわかりやすい。今は少し間が抜けてみえる顔つきで、納得を前面に押し出していた。

「それで？　なんの用だよ？」

「だから言ってんじゃん。あんたのナンバーを知りたいの」

「言いたくないよ、そんなの。君は教えてくれるのか？」

「いいよ」

少女は気軽に頷いて、言った。

「私はナンバー4、日比野瑠衣。今月、高校を卒業したところ」

「そりゃおめでとう」

「ありがと。で、あんたは？」

と、また日比野は笑う。

これは、正しい情報を答えるべき場面だろうか？　目の前の少女を信用する理由なんてないはずだ。市倉はしばらく口をつぐんでいたが、結局嘘はつかなかった。

「ナンバー7、市倉真司。この春から大学の四年生だよ」

「二一歳？」

「ああ」

「もうちょっと若くみえるね」

たしかに少し、童顔かもしれない。市倉は顔をしかめた。

「ナンバーを知って、どうしようってんだ？」

「そうそう。ここからが本題なんだけどさ、私と手を組まない？」

「どういうことだよ？」

「そのまんま。試験の内容は、もちろん知ってるよね？」

「だいたいな」

それは参加者全員に書面で通達されているはずだ。たった一通の採用通知の奪い合い。ふたりが話しているあいだに、試験の開始はもう一〇分後に迫っている。

「ならわかるでしょ。どう考えてもチームを組んだ方が有利だ」

「でも採用通知は一通だけだぜ?」

「あんたの目的はハルウィンに入ることなの? それともお金?」

「金も欲しいけど、どっちかといえば就職かな。大学の四年生なんでね」

ハルウィンは巨大な企業だ。インターネットの黎明期から検索エンジンとSNSで世界的な成功を収め、今もその勢いは衰えていない。一方で社員を増やすことに慎重な会社としても知られている。関連子会社であればともかく、ハルウィン本社への就職倍率は世界最高峰を誇るはずだ。目先に就職を控えた大学生であれば、現金よりもハルウィンの社員という肩書きの方が魅力的にみえても不思議はない。

日比野が首を傾げる。

「そういや、大学生って就職していいの?」

「知らないけど、学校は辞めることになるんじゃないかな」

「そ。ま、なんでもいいけどさ。じゃあ採用通知はあんたに譲るから、向こう五年間は収入の半分を私にちょうだい。年に四〇〇〇万。五年で二億。私はその程度でいいよ」

「本当に?」

二億はもちろん、大金だ。でも、市倉は疑わしげに顔をしかめる。年収八〇〇〇万で仮に四〇年間ハルウィンに勤めたなら、三二億になる。

「そりゃお金は欲しいけどね。こんな試験、私は受かりたくないから。まだ社会人になるつもりはないし、そもそも超能力者だって世間に知れ渡ることになるんだよ？　リスクの方が大きいよね」

　たしかに、その通りだ。世界で初めての超能力者の値段が三二億というのは、適正な価格だろうか？　少なくともハルウィンにとっては、それほど高い買い物ではないだろう。もちろん本物の超能力者が手に入るなら、ということだが。

　ハルウィンを信用することはできない――と考えているあいだに、日比野は続けた。

「私はね、それなりに自由になるお金をもらって、もうしばらくふらふらしていたいの。もっといえばさ、能力を世の中に公開するつもりなら、たぶんハルウィンに入るより効率的にお金を稼げる方法なんていくらでもあるよ」

「じゃあどうして採用試験を受けたんだよ？」

「こんな風に誰かと手を組んで、お小遣いをもらうためだよ。だから私はそこそこ稼げればそれでいい。どう？　一緒にやらない？」

　怪しい、と直感がささやいた。彼女が言っていることは、一応の筋は通っている。だがどこかで嘘をついている。間近で彼女の顔を観察すればわかる。日比野は、口元では笑うが目元は笑わない。自信を持って雄弁に語っているようで、声色にはわずかに緊張が混じっている。とりあえずこの場は、口先だけで仲間になると答えるのもひとつの方法だろう。だが、心から手を取り合うべきではない。

市倉は眉間に皺を寄せた。

「君は、本物の超能力者なのか？」

「もちろん。あとでこっそりみせてあげるよ。あんたのは偽物なの？」

「どうかな。たぶん本物だと思ってるんだけどね」

「微妙な答えだね。自分でもわかんないの？」

「なかなか判断が難しい」

市倉真司は超能力者ではない。八年ほど前のことを思い出す。少なくともあのときは、なんの力も持っていなかった。

「いいね」

日比野は、今度は顔全体で笑った。

「ハルウィンが大金で雇うのは、偽物の超能力者の方が向いてるよ」

「そうか？」

「当たり前でしょ。向こうだってさ、別に本気で超能力者を探してるわけじゃないよ。ただの広告でしょ」

どうだろう？　以前からハルウィンは、超能力者に興味を持っていると噂されていた。今回の採用試験は、その噂に乗っかったジョーク企画だというのが世間の認識だろう。だが噂が嘘だと証明されたわけではない。彼らが超能力者に強い興味を示しているのは事実だし、興味以上の、具体的な行動に出ていることもほぼ間違いない。その証拠と呼べるものも手元にある。

　市倉は不満げに顔をしかめてみせる。

「オレが偽物だって決まったわけじゃないだろ？」

「本物なら自分でわかると思うけど。まあいいや。ともかくさ、手を組む？　組まない？」

「偽物でもいいのか？」

「別に超能力者じゃなきゃまったくの役立たずだってこともないでしょ。私はとにかく仲間が欲しいんだよ。どうするのさ？」

　市倉はしばらく沈黙したのち、「組もう」と答えた。

「こっちから頼みたいくらいだよ。オレもひとりじゃ不安だ」

「本当？　嘘だったら怒るよ？　私、怒るとけっこう怖いんだから」

「採用を譲ってくれるなら、オレに裏切る理由はないよ」

「よし。じゃあさ、これからどうする？」

日比野は右手のスマートフォンのモニターに目を向け、あと五分だね、とつぶやいた。

　市倉が答える。

「オレはとりあえず晩飯を食いにいこうと思ってた」

「なんだよ、余裕だね。お腹空（す）いてるの？」

「あれこれ考えても仕方ないだろ。そもそも半径五キロって広すぎるんだよ。これ、どうやってナンバー1をみつければいいんだ？」

今度は日比野の方が顔をしかめる番だった。

「いや、そんなの簡単でしょ」

「どうして？　君の能力か？」

「違うって。文明の利器だよ。これ、まだ起動してないの？」

日比野は先ほどからちらちらと視線を送っていたスマートフォンのモニターを市倉に向けた。そこには現在、微笑する女性のイラストと共に、カウントダウンが表示されている。——試験開始まで残り三分一五秒。

「なんだよ、それ」

「ソラ」

「ソラ？」

「秘書機能アプリだっけ？　今回の試験をサポートしてくれるってやつ。参加者にはインストール用のアドレスが届いてるはずだけど？」

「ああ」

もちろん、市倉の元にもそのメールは届いている。彼は息を吐き出した。

「オレの携帯じゃダウンロードできなかったんだよ。ほら、機種が古いから」

市倉はポケットから、二つ折りの黒い携帯電話を取り出した。

「あ。スマホじゃないんだ」

「こっちの方がかさばらなくていい。月額も安い」

「でもそれってヤバくない？　試験中はずっとソラを起動してないと失格らしいよ」

「本当に？　そんなの聞いてないぜ？」

「ハルウィンの社員になるなら当然、スマホの一台くらい持ってろってことじゃないの。もうダメだね。最初の失格者はあんただね」

「嘘だろ？　向こうが説明し忘れたんだ。フェアじゃない」

「応募規定のどっかに小さく書いてたのかもよ。どうすんのさ？　あと二分で始まっちゃうよ？」

「くそ。ソラだって？　まったく――」

市倉はしばらく額に手を当ててうつむき、眉間に皺を寄せていた。だがやがて顔を上げて日比野をみつめる。

「ともかく、試験には参加する。あとのことはあとで考えるよ。採用通知を手に入れたら、向こうに文句を言うチャンスだってあるだろ」

「オーケイ。ま、私はなんでもいいよ」

――いや、それはおかしい。なんでもいいはずがない。

だって日比野は、採用枠を譲ると言っているのだから。もし市倉が失格になったなら、彼女も報酬を受け取れないことになる。やはり彼女はなんらかの意味で嘘をついている。

日比野は言った。

「ともかくこれ、みてよ」

彼女はソラを操作し、メニューから地図を開く。その地図自体はハルウィンが無償でネットに公開しているもので、誰だって一度は目にしたことがあるだろう。

「時間になれば、ここに参加者の番号が表示されるんだってさ。だからナンバー1の居場所に悩む必要はないよ。奪い取ることだけ考えればいい」

地図の上部では、相変わらずタイマーが回り続けていた。試験開始まで、残り時間はすでに一分ほどだ。

「なるほど。便利なもんだな」

「普通に考えれば、スマホの在り処を表示するんだろうね。だからあんただけは出てこないんじゃない？」

「有利といえば有利か」

「そ。なんかずるいから、失格になる理由は充分ある」

タイマーが残り一〇秒を切り、数字が赤に変わった。ふたりとも、もうなにも喋らず、画面に注目する。地図にはふたりがいるホテルを中心に、半径三キロメートルほどが表示されている。カウントダウンは進む。三、二、一――

「時間になりました。試験を開始いたします」

と、ソラがアナウンスした。

直後、マップに六つの数字が浮かび上がる。2と6はほぼ同じ座標だ。ホテルから二〇〇メートルほど離れた駅にいるようだった。3、5はそれぞれ独立している。市倉の7はない。ホテルの前に、日比野の4。そして彼女に重なり合うように、1が表示されていた。

「ナンバー1？　どこに？」

日比野が周囲を見渡す。

彼女の肩を市倉の両手がつかみ、突き飛ばした。タイルの上に倒れ込んだ日比野がぼやこうとする。

「なにを――」

だが、その言葉は直後に途切れることになった。

ふたりのすぐ隣――先ほどまで立ち話をしていたところに、重たいものが落下する。鈍い音が響いた。ふたりは同時に身を起こし、同時にそちらに視線を向ける。シンクロしたその動きはダンスのようで、滑稽（こっけい）にもみえた。

視線の先には、男が倒れていた。うつ伏せで顔はわからない。でも頭に白髪が交じっているから、それなりに高齢だと判断できる。きっちりとスーツを着込んだ男だった。タイルにじわりと血が広がる。彼が落としたものだろう、すぐ隣に、スマートフォンと一通の白い封筒が転がっている。

「救急車を」

市倉がそうつぶやき携帯電話を開く。日比野は怖々（こわごわ）といった様子で、タイルのスマートフォンと封筒を拾い上げた。

「この人、ナンバー1だ」

「え?」

「ほら、これ」

市倉は右手で携帯電話を耳に当てたまま、左手で日比野が差し出したスマートフォンを受け取り、覗き込む。そこには先ほどまで日比野のスマートフォンに映っていたものと同じ画面が表示されている。ソラの地図。2と6がまとまってホテルに近づいてくる。速い。車に乗っているのだ。

日比野は白い封筒の中を確認している。

「こっちは採用通知だよ。ちゃんと発信機もついてる。逃げよう。駐車場に私の車が」

だが市倉は電話に向かって、「救急です」と答えているところだった。苛立たしげに日比野が叫ぶ。

「なにやってんのさ? そんなの、ホテルの人に任せようよ」

市倉は、携帯電話への説明を止めない。――はい。そのホテルで間違いありません。人が落ちてきて。

日比野は舌打ちして、駆け出す。

「車を取りに行く。さっさと切り上げて、追いかけてきてよね」

市倉はナンバー1のスマートフォンを握ったままの左手を上げて、それに応えた。

彼の遅れは、おそらく三〇秒ほどだっただろう。駆け寄ってきたドアマンに携帯電話を押しつけて日比野のあとを追う。駐車場はホテルの前の道路を渡ったすぐ向かいにある。その道路に足を踏み出そうとしたとき、目の前で黒いレクサスが急ブレーキをかけた。運転席の窓が開き、異様に体格の良い男が顔を出す。

「お前が、ナンバー1だな?」

「え?」

市倉は自身の左手に目を向ける。先ほど日比野に渡されたスマートフォンを握ったままだった。

体格の良い男は続ける。

「オレたちが竜神会(りゅうじんかい)だ。どうして待ち合わせ場所にこなかった?」

続けて、助手席に座る、中折れ帽を被った無精(ぶしょう)ひげが口を開く。

「今さら気が変わったなんてのはなしだぜ? こっちはきっちり、金を揃えたんだ」

市倉はなにも答えない。――最適な返答はなんだろう? わざわざ事実を説明して、向こうの誤解を解いてやるのも馬鹿げている。

肩をすくめて、無精ひげが言った。

「ほら、さっさと採用通知をみせてよ。もし金額に不満があったとしても、商品がなきゃ交渉もできない」

ようやく、市倉が首を振る。

「いや。ない」

「ない？　なにが？」

「採用通知。オレは持っていない」

なんだと、と運転席の男が叫んだ。無精ひげの方は、まだしも冷静だ。

「奪われたのか？　ナンバー4？　たしか、さっき一緒にいたな」

なるほど。地図には高度までは表示されない。ソラで確認する限りでは、試験の開始時、ナンバー1はナンバー4と顔を合わせていたようにみえただろう。

内心で納得したとき、向かいの駐車場から初心者マークをつけた緑色のミニクーパーが走り出てきた。ハンドルを握っているのは日比野だ。黒いレクサスの運転席でスマートフォンの画面を確認していた男が鋭い声を出す。

「あれだ。ナンバー4」

「追いかけよう。君にも手伝ってもらうぜ？　ナンバー1」

さっさと乗れよ、と無精ひげが後部座席を指さした。

※

しゅるしゅるとCDが回転する小さな音が聞こえて、曲が切り替わる。流れ始めたのはタイトルを知らない曲だ。——「ジ・エンターテイナー」の他は一曲も知らないし、さすがにこの状況で、CDのパッケージに書かれた曲目を確認しようという気にはなれない。

本物のナンバー1は、運転席と助手席のふたり——聖沢、穂積と事前に連絡を取り合い、採用通知を売りつける約束をしていたようだ。市倉の片脇にあるふたつのスーツケースがそのための金だろう。会話から読み取れたのは、どうにかその程度だった。

深緑色のミニクーパーは海辺に突き当たり、海岸線沿いの道に入った。黒いレクサスがぴっちりとその後ろについて走る。工場と倉庫が並ぶだけの、人気のない通りだ。夕暮れ空の下、影絵のような景色の中を、短い車間距離で二台が走る。

この追いかけっこは、明らかに追う側が有利に思えた。まず人数が違う。次に車の性能が違う。さらにソラがある以上、相手を見失うこともない。

とはいえ追う方が、決定的な一手を打てないでいるのも事実だった。ハルウィンは試験中の違法行為を禁止している。正確には「法的に裁かれる行動」を。であればできることは多少の速度違反がせいぜいで、派手なカーチェイスを演じるわけにはいかない。

運転席と助手席のあいだから、前方のミニクーパーをじっとみる。運転席の日比野が右手で白い封筒を手に取ったのがわかる。彼女はその封筒にちらりと視線を向けて、ダッシュボードに放り投げた。

助手席の穂積が、いかにも作り物じみたため息をつく。それから足元に手を伸ばし、なにか取り上げて聖沢にみせた。

「これ、使っていい？」

彼が手に取ったのは発炎筒だった。よく車に積まれている、赤い筒状のものだ。

聖沢が不機嫌そうに応じる。

「そんなもの、どうするつもりだ?」

「手品をみせてやるよ。大サービスだぜ?　分け前の上乗せを要求したい」

穂積は発炎筒のキャップを外し、先端を擦り板にこすりつける。

「おい、なにをする?」

慌てた声を上げる聖沢を、穂積は自身の唇の前に人差し指をたてて押し止める。そのまま短くカウントダウンした。

「三、二、一――」

発炎筒は煙と共に炎を吐き出す。だがそれは、すぐに立ち消えた。いつのまにか発炎筒自体がなくなっている。代わりに彼の手には、白い封筒が握られていた。

「どういうことだよ?」

「あれ。みてごらん」

穂積は前方のミニクーパーを指さす。その室内を、煙が埋め尽くしつつあった。火を吹きながらダッシュボードから転がり落ちる発炎筒が、どうにかみえた。

「物をテレポートさせられるのか」

と聖沢がつぶやく。

穂積は手にした白い封筒を横に振る。

「ただ送りつけるだけじゃない。こいつと交換した」

「採用通知？」

彼は封筒の中を確認し、微笑む。

「間違いない」

「そんなことができるなら、さっさとやれよ」

「時間はまだたっぷりある。ちょっとは勿体ぶってもいいでしょ」

後部座席の市倉が言った。

「なあ、窓を開けていいか？」

「おや？　すぐに向こうに送ったはずだけどね、煙いかい？」

「少しな」

市倉がドアに手を伸ばす。低い、ウィンドウが開く音が、わずかに聞こえた。

前方のミニクーパーはすでに停車していた。発炎筒は車外に放り出したようだが、窓越しにみえる車内は白く染まり、開かれた運転席のドアからもくもくと煙が上がる。

「ともかくこれで、あとは逃げるだけだ」

聖沢がつぶやいた、その直後だった。一転、穂積が慌てた声を上げる。

「おい、前――」

ほとんど絶叫だった。ブレーキ音が響き渡り、フロントガラスの向こう側がくるりと回転する。先にみえたのは、でこぼことした黒い壁だ。フロントガラスが黒を突きぬけて水しぶきが上がり、それが日暮れの海面だとわかった。

血の気が引く。

2　18時30分

ナンバー5、高橋登喜彦（たかはしときひこ）は、ちょうど黒いレクサスが海に飛び込んだ辺りで車を停め、イヤホンを外した。彼が乗っているのもレクサスだが、ボディは赤で、よりグレードが高いものだ。車内用のスタンドにあったスマートフォンを手に取り、ちらりと確認する。番号に変化はない。高橋は画面から視線を外した。目の前にはナンバー2、穂積正幸が転がっている。彼だけが海に落ちる車から事前に逃げ出すことに成功したようだ。あとのふたりは海中だろう。

高橋は左手で助手席に放り出していた拳銃を手に取った。右手のスマートフォンはポケットに突っ込んで、車を降りる。エンジンはかかったままだった。

高橋が言った。

「ようおっさん。そのままだ。地面に転がったまんま、後頭部で手を組みな」

ややくぐもった、穂積の声が聞こえる。

「その銃、本物かい？」

「さあね。試してみるか？」

「殺すと失格だ」

「違う。警察にみつかったら失格だ。すぐに清掃業者を手配するさ」

「待て。ちょっと待て。俺はね、竜神会ってそこそこやばい組織に入ってんの。血の気の多い舎弟もわんさかいるんだぜ？　俺を撃つとやばい」

「興味ねぇよ。お前も、死んだあとのことなんかどうだっていいだろ」

穂積はそれで、とりあえず観念したようだった。しばらく沈黙したあとで、深いため息を吐き出した。

「さっきのあれ、君がやったの？」

「あれってなんだよ？」

「でかいトラックが、目の前に突っ込んできた」

「へぇ。そんなもん見当たらないがな」

「すぐに消えたよ。なんだったんだ？」

「知らねえよ。夢でもみてたんだろ」

「テレパシーの一種だってのはわかる。映像を相手に送りつけるんだろ？」

ほんの短い時間、高橋が沈黙する。

それから彼は、尖った声を出した。

「おっさん、どこまで知ってんだ？」

一方で穂積の声には、まだしも余裕がある。

「あのねぇ、おっさんっていうの、止めてもらえる？　君だって同じような歳でしょ」

「オレはまだ二〇代だよ。いいから答えろ。あの力のことを、どこまで知ってる?」

「ほとんどなにも知らない。でも、俺は寂しい独り身でね。美人秘書なんてものをもらえたら、そりゃ色々とお喋りするさ」

高橋はポケットからスマートフォンをひっぱりだした。右手ではもちろん、拳銃を構えたまだ。彼はソラに向かって語りかける。

「おい、ソラ。参加者の能力を知っているのか?」

女性的な合成音声で、ソラが答える。

「多少は知ってますよ。ご説明しましょうか?」

不機嫌そうに口を歪めて、高橋は言った。

「はやく言えよ」

「全員ぶん必要ですか?」

「とりあえず、このおっさんのだけでいい」

「ごめんなさい。よくわかりません。別の言い回しを試していただけませんか?」

高橋が、スタッカートの効いた舌打ちを鳴らす。

「ナンバー2の能力を説明しろ」

「穂積正幸ですね、了解いたしました。資料には、彼の能力はトレードという名前で登録されています。ふたつの物質の場所を入れ替えられるようです」

「なんでも入れ替えられるのか?」

「詳細は不明です。私もすべての情報を与えられているわけではないし、そもそもこのデータは面接での自己申告によるものです」

「ちなみに、オレはどう登録されている?」

「資料には、ビジョンという名前で登録されています。視覚情報に特化したイメージを対象に送ることができるようです」

高橋は笑う。意地の悪い笑みだが、どこか楽しげでもあった。

「ほかには?　オレのことがわかるか?」

「二六歳、男性です。登録されているのは以上です」

穂積の声が聞こえた。

「なかなか便利なもんだろ?　どうかな、ナンバー5。俺と手を組まないか?」

は、と声を上げて、高橋は笑う。

「どうしてそんな話になるんだよ?」

「せっかくみつけた相棒がいなくなっちゃってね。困ってたんだ。君だって仲間は欲しいだろう?　ずいぶん便利な能力を持ってるみたいだけど、まだ上には四人いるんだ。ハルウィンの評価じゃね。ひとりよりもふたりの方が有利でしょ」

「なるほどな。ふざけんな。採用通知はどこだ?」

「ちょっと待って。いま、取り出すから――」

「動くな。手は頭の後ろで組んだままだ。場所を言えよ、おっさん」

ふたりの会話に重なり、派手な水音が聞こえた。続いて、男の声。太く低い。聖沢の声だった。

「ずぶ濡れだよ、くそ。髪を濡らすのは嫌いなんだ」

聖沢はスマートフォンのモニターをちらりと確認する。水没したことで故障していないか確認したのだろう。地面に転がったままの穂積が、嬉しげな声を上げる。

「よう相棒、信じてたぜ。はやく助けてくれよ」

「ずいぶん情けない恰好だな。そいつは誰だ?」

「悪者だよ。俺たちが苦労して手に入れた採用通知を奪いに来た」

二対一。さすがに、本当に引き金を引くわけにもいかないだろう。高橋はほんの一瞬、銃口を聖沢に向けて、またすぐに穂積に戻した。

「こいつを撃つぞ? お前も地面に転がって、頭の後ろで手を組むんだ。余計なことをしやがったら撃つ」

「そうしてくれると助かるよ」

「あ?」

「そいつがいなくなりゃ、オレの取り分が増える」

どこまで、本気で言っているのだろう? 聖沢の声色はあくまで冷静で、はったりという風でもない。彼は水没させたことがまだ気になるのだろうか、スマートフォンの動作を確認しながら高橋たちに歩み寄る。高橋は絶叫した。

「やめろ。止まれ。本当に撃つぞ」

「だから好きにしろって言ってんだろ」

すでに聖沢は、手を伸ばせば高橋に届くところまで近づいていた。高橋が銃口を聖沢の分厚い胸板に向ける。それを気にした様子もなく、聖沢は右腕を振った。

拳が、高橋の腹にめり込んでいる。高橋の手からスマートフォンが抜け落ち、それを追いかけるように彼の身体が倒れた。空を向いて転がったスマートフォンに、靴底が降ってくる。がん、と大きな音が聞こえて、画面から映像が消えた。

※

聖沢はさらに画面を踏みにじりながら、彼自身のスマートフォンを覗いた。五秒間ほどの時差があり、ソラの地図からナンバー5が消える。

穂積は這うようにして倒れた高橋に近づき、彼の手の中から銃を奪い取った。それからようやく立ち上がる。

「ちょっとひどいんじゃないの？　本当に撃たれたらどうすんのよ」

「知るか。助けてやったんだ、感謝しろ」

「ったく。ずいぶん汗をかいたよ。まだ夜は冷えるってのに」

穂積は左手で中折れ帽の位置を直し、右手の銃を、自然な動作で聖沢の顔の前に掲げた。そのまま引き金を絞る。

かち、と小さな音が聞こえた。銃口の先に火が灯る。

「タバコ、吸うかい？」

「オレは吸わない」

「そう」

穂積はポケットから取り出したタバコをくわえ、銃の形をしたライターの火を近づける。聖沢は何度かスマートフォンを振って水気を払い、ポケットにしまった。ポケットまで濡れているから意味はなさそうだが、海に沈んでも壊れなかったのだ。防水機能は充分なのだろう。

「お前、そんなもんで騙されたのかよ」

「よく見えなかったんだよ。暗いし、寝転がってたし」

「銃なんか慣れてるだろ。荒事には強いんじゃなかったのか？」

「俺は頭脳労働派なの。インテリなのよ、こうみえて」

「採用通知は？」

「ここに――」

ふいに、穂積は言葉を途切れさせた。

「ない」

「ない？」

「くそ、やられた。ナンバー4だ」

直後、エンジン音が響いた。ようやく煙が晴れたミニクーパーが走り出したのだ。聖沢が穂積を睨む。

「いったいどうなっている?」

「説明はあとだ。追うぞ」

「どうやって? 向こうは車だ」

「ナンバー5のがあるだろ。そこの馬鹿みたいに赤いやつだよ」

「ああ——」

だが、再びエンジンの音が聞こえた。赤いレクサスの運転席に座っているのは市倉だ。髪から海水をしたたらせながら、彼はふたりに向かって告げる。

「オレが追う。任せてくれ」

赤いレクサスが走り出す。

長い沈黙のあとで、聖沢が言った。

「おい。どうする?」

「どうするって、とりあえず——」

穂積が、音をたてて息を吐き出した。

「こいつを吸い終わるまで待ってくれ」

3　18時47分

フロントガラスの向こうにみえる空は、すでに真っ暗になっていた。

試験範囲の境界線まで残り五〇〇メートルを切りました、とソラが言った。

赤信号に捕まった日比野は、苛立たしげにスマートフォンの画面を覗き込む。彼女の車に近づいてくる数字は1番だけだった。ナンバー1のスマートフォンは今、市倉が持っている。

――彼を信じるのか、信じないのか。

判断が難しい問題だ。市倉は日比野と手を組むと言ったが、その直後、ナンバー2、6と行動を共にしていた。向こうについた、とも考えられる状況だ。

日比野はスマートフォンをフロントガラスに立てかけて置く。そのモニターとフロントガラスの向こうを交互にみる。やがて、信号が青に変わった。ミニクーパーが交差点を曲がり、駅の方向へと走り出す。アクセルはそれほど踏み込んでいない。地図上では1番が距離を詰めてくる。

日比野はスマートフォンに呼びかける。

「試験の参加者の能力のこと、教えてくれる？」

ソラが応える。

「全員ぶん必要ですか？」

「うん。お願い」

「了解しました。資料には、次のようにあります」

　プログラムされた通りに、ソラは答えを返す。


　ナンバー1、加藤仁（かとうじん）。彼の能力はフォーサイトという名前で登録されています。未来予知能力の一種であり、行動の結果を事前に知ることができるようです。

　ナンバー2、穂積正幸。彼の能力はトレードという名前で登録されています。ふたつの物質の場所を入れ替えることができるようです。

　ナンバー3、シド。能力は不明です。

　ナンバー4、日比野瑠衣。彼女の能力はフェイクという名前で登録されています。物質のコピーを創り出すことができるようです。

　ナンバー5、高橋登喜彦。彼の能力はビジョンという名前で登録されています。視覚情報に特化したイメージを対象に送ることができるようです。

　ナンバー6、聖沢巧。彼の能力はアポートという名前で登録されています。遠方にある物質を取り寄せることができるようです。

　ナンバー7、市倉真司。彼の能力はメッセージという名前で登録されています。危険を事前に察知することができるようです。

以上です、とソラが言った。

少なくとも穂積と日比野の能力は正しい。日比野はフェイクで採用通知のコピーを作り、そちらを穂積に奪わせた。おそらくナンバー5、高橋の能力もソラに登録されている通りだろう。だがすべて真実だとすると、ひっかかる点がある。

「ナンバー3が不明って、どういうこと？」

と日比野は尋ねた。

ソラは淡々と答える。

「資料に登録されていない、ということです」

「どうして。ずるくない？」

「残念ながら、私は事情を把握していません。必要なことしか教えられていないのです」

「ナンバー3のこと、もっと教えてよ」

「女性。一二歳です」

「それだけ？」

「イエス。他に登録されている情報はありません」

「一二歳って若すぎない？」

「今回の採用試験では、年齢に関する規定はありません」

「って言ってもさ、そんな小さな子に、日づけが変わるまで試験を受けさせていいわけ？」

「ごめんなさい。よくわかりません。別の言い回しを試していただけませんか?」

「もういいよ」

日比野はため息をつく。

「じゃあ、ナンバー7のことを教えて」

「市倉真司ですね。彼のなににについてお話ししましょうか?」

「なんでもいいよ」

「男性、二一歳です」

「それは知ってる。もっとないの?」

「他に登録されている情報はありません」

「あいつさ、信用していいと思う?」

「ごめんなさい。よくわかりません。別の言い回しを試していただけませんか?」

「友達になれるかってこと」

「ごめんなさい。よくわかりません」

「でしょうね」

ぼやいた直後、日比野は表情を引き締めた。前方に一台のトラックが割り込んだのだ。小さくブレーキ音が聞こえ、ミニクーパーが減速した。スマートフォンがぱたりと倒れ込む。

日比野は片手でスマートフォンの位置を直しながら毒づく。

「もう。初心者マークがみえないの?」

前方に割り込んだトラックが速度を落とす。日比野はウインカーを点滅させた。だがハンドルは切れなかった。右隣に、もう一台のトラックが並んでいる。意図的に囲まれている。しかし再び地図を確認しても、彼女の数字――4の周囲には、別のナンバーはない。トラックに乗っているのは、試験の参加者ではないようだ。

――なるほどね。

と内心でつぶやく。考えてみれば、充分にあり得ることだ。

穂積と聖沢は試験開始前から繋がっていた。ふたりはナンバー1と取り引きの約束までしていた。この試験は事前準備が可能で、それを咎めるルールはない。報酬は、最終的には何十億という金額まで膨れ上がるのだ。外部の協力者を募っている参加者がいても不思議はない。

――私だって、同じだ。

彼らとはやり方が違うが、事前に、他の参加者と繋がりを作っている。ナンバー2、穂積正幸と契約を交わした。試験開始よりも前に顔を合わせていた、という意味では市倉もだが、あちらはカウントしなくてもいいだろう。

だから金で人を雇っている参加者がいたところで文句も言えない。けれどもちろん、警戒すべきことではある。

前方のトラックがさらに速度を落とす。顔をしかめて、日比野もブレーキを踏む。だが向こうは、ただ車を止めるだけでは満足できないようだ。右側のトラックがじりじりとこちらに近づく。巨大な車体が、ミニクーパーのドアをノックする。

「くそ」

日比野がつぶやく。

「この車を買うのに、どんだけバイトしたと思ってんだよ」

彼女は思い切りブレーキを踏み、車を急停車させた。二台のトラックもぴったりとそれについて停まる。日比野はスマートフォンを摑みながら身体を助手席にスライドさせ、ドアを開けた。ほとんど同時に、前方のトラックから黒いスーツを着た男が降りるのがみえる。手にはなにか、長い棒状のものを持っていた。バール？　凶器の代表格だが、実際にニュースで聞いた記憶はない。もう時代遅れなのだろうか。右側のトラックは？　わからない。ドアが開く音が聞こえたような気もした。

日比野は前方の黒いスーツに背を向けて、駆け出す。もちろん黒いスーツも後ろを追いかけてくる。

――こいつらは、何番に雇われたのだろう？

2番と6番のコンビ？　いや、だとすればあのふたりの行動は、自然ではない。仲間がいるのに本人たちが積極的に動き回るのは合理的ではない。速度違反でも警察にみつかれば失格になるルールなのだから。日比野を追い回すのは、仲間に任せた方が確実だろう。

背後の足音は確実に近づいてくるようだ。はっきりとはわからないが、一人ではない。二人か三人。捕まれば身体の小さな日比野が逃れられるとは思えない。

――さて、どうする？

状況を変えなければならないだろう。人込みに紛れる？　だがこの辺りは車が走るばかりで歩行者は少ない。警察に電話をかけるか？　そんな悠長な方法で、間に合うとも思えない。

足音はすぐ背後まで迫っているようだった。日比野はもう息が上がっていた。その激しい呼吸の音が耳につく。彼女はふいに方向を転換した。なにか大型の店舗——郊外型のホームセンターだろうか、広い駐車場に入る。だが、純粋な鬼ごっこなら追手の方が有利だ。

日比野が採用通知を手に入れたのは、意味のわからない偶然だった。なぜか目の前にナンバー1が落ちてきただけだ。でも、ナンバー2に偽物の採用通知をつかませたのはフェイクの力であり、日比野の力だ。大健闘と言っていい、が。

——ここまでか？

そう思ったときだった。

車止めかなにかに足をひっかけたのだろう、日比野が盛大に転倒する。その手から握ったままだったスマートフォンが飛び出した。これで決定的だ。アスファルトに転がったままでは背後の様子もわからないが、黒服に取り囲まれておしまいだろう。

つい深く息を吐き出した。そのとき。

駐車場に、エンジン音が走り込んでくる。叫び声が聞こえた。

「日比野」

市倉だ。地図から目を離していたあいだに、彼が追いついていた。きぃと甲高いブレーキの音が聞こえた。日比野は這うようにしてスマートフォンを拾い上げる。歯を食いしばり、眉を吊り上げたひどい形相が画面に映り込む。市倉がハンドルを握る赤いレクサスが、日比野と黒服たちのあいだに車体を横たわらせていた。日比野は跳ねるように立ち上がり、赤いレクサスのドアに手をかける。

「乗るな。逃げろ」

と市倉が叫んだ。

ほとんど同時に、ごすんと重たい音が響く。黒スーツの一方が、レクサスめがけてバールを振り下ろしたのだ。低い位置——タイヤに穴を開けるつもりだろうか。

市倉がレクサスから飛び降り、駆け出す。日比野も彼の後ろを走る。

「どうすんのさ?」

「考えてない」

「こっち」

日比野が方向を転換する。市倉がそれに続いて、ふたりの前後が入れ替わった。日比野が目指したのは駐車場のさらに奥だった。店の入口ではない。前方には、無骨なコンクリートの塀があるだけだ。

「飛び越えられる?」

と日比野が言う。

「たぶん無理だ」

と市倉が答える。前方の塀は、市倉の身長よりも高いようにみえた。

「だと思った」

　日比野は塀の三メートルほど手前で足を止め、駐車スペースに止まっていた白いセダンに右手をつく。二、三歩遅れて市倉も立ち止まった。振り返ると、三人の黒スーツがこちらに向かって走ってくる。

「たぶん一瞬だから。急いでね」

　日比野がそう言って、スマートフォンをつかんだままの左手を前方——塀の方向に向かって伸ばす。直後、その手の先に、もう一台白いセダンが生まれた。フェイク。物質のコピーを創り出す能力。市倉が躊躇（ためら）ったのは一瞬だった。彼は新たに生まれたセダンのボンネットに足をかけ、塀によじ登る。

　足が離れるのとほぼ同時に、セダンは消えた。だが黒スーツたちも立ち止まっている。目の前の出来事が理解できなかったのだろう。

　塀の上の市倉が手を伸ばす。日比野はそれをつかみ、どうにか塀の上部に達し、勢いがつき過ぎたようで向こう側に落下する。続いて手をつかんだままだった市倉も落ちた。小さな悲鳴が上がる。

　ふたりは立ち上がり、また駆け出す。

「なんだよ、今のは?」

「超能力?　よく知らないけど、昔からできるんだよね」

「すごいな」

「で、あんたは何しにきたのさ?」

「君を助けに。助かっただろ?」

「だいたい私のおかげじゃん」

会話の合間で、小さな笑い声が聞こえる。市倉も日比野も、同様にくすくすと笑っている。

時刻はようやく、一九時になろうとしていた。

「あと五時間だ。この調子で逃げ切ろう」

と市倉が言った。

「それ、私に頼りっきりってこと?」

と日比野が答えた。

ふたりはまだ笑いながら、どこか楽しげに息を弾ませて走る。

小さな声で、市倉が「ジ・エンターテイナー」を口ずさんだ。

2話
嘘つきたちは夜の街を走る

19：00〜

2017/03/30 16:56
　最終試験参加者一覧

・ナンバー1
　加藤仁（かとう　じん）。64歳、男性。
　能力名／フォーサイト
　未来予知能力の一種であり、行動の結果を事前に知る。

・ナンバー2
　穂積正幸（ほづみ　まさゆき）。35歳、男性。
　能力名／トレード
　ふたつの物質の場所を入れ替える。

・ナンバー3
　シド。12歳、女性。
　（登録データなし）

・ナンバー4
　日比野瑠衣（ひびの　るい）。19歳、女性。
　能力名／フェイク
　物質のコピーを創り出す。

・ナンバー5
　高橋登喜彦（たかはし　ときひこ）。26歳、男性。
　能力名／ビジョン
　視覚情報に特化したイメージを対象に送る。

・ナンバー6
　聖沢巧（ひじりさわ　たくみ）。29歳、男性。
　能力名／アポート
　遠方にある物質を取り寄せる。

・ナンバー7
　市倉真司（いちくら　しんじ）。21歳、男性。
　能力名／メッセージ
　危険を事前に察知する。

1　19時05分

「しっかり持てよ」

と聖沢が言った。

「持ってるけどさ。これってなんかやばくない？」

そう答えて、穂積は大きなため息をついた。

ふたりはナンバー5——高橋登喜彦を担ぎ上げていた。市倉が赤いレクサスで走り去ったあと、穂積は駅前まで歩き、レンタカーショップで車を借りてきた。白いカローラだ。そのあいだ、聖沢は高橋を見張っていたが、結局目は覚まさなかったようだ。

聖沢がぼやく。

「こいつが警察に駆け込めば、オレたちは失格だ」

「どうかな。銃で脅してきた。正当防衛が成り立つはずだ」

「銃じゃねぇ。ライターだ。念には念を入れた方がいい」

水に濡れたずだ袋を落としたような、重たい音が聞こえた。続いて、トランクが閉る音。高橋を荷詰めする作業は完了したようだ。

穂積が呆れた様子でため息をつく。

「つってもねぇ。こんなの、罪を重ねるだけよ？　試験が終わったあとでも捕まりゃ採用は取り消しらしいぜ？」

「目を覚ましたら口を封じる」

「どうやって？」

「一〇〇〇万もつかませりゃ、充分だ」

「そんな金、どこにあんのよ？」

「採用されればどうにでもなるだろ。ナンバー1の取り分から削ってもいい。あいつは採用通知を奪われた」

「ないよ」

「ああ？」

「ナンバー1に渡すはずだった金は、海の底。ほら、君のレクサスに積んでたから」

「そんなもんお前の能力で引っ張りだせないのかよ？」

「これがねぇ、できないんだよね」

「どうして？」

「そんなに万能じゃないの。俺は君に期待してんだけどね」

「どういうことだ？」

「怒らない？」

「なにが？」

「実はさ、君の能力、知ってんだよね」

穂積がスマートフォンを取り出す。彼はカローラのトランクに尻を乗せて、モニターを覗き込んだ。

「ソラ。聞こえてる？」

「良好です。なにか御用ですか？」

「ナンバー6、聖沢巧の能力を教えてくれ」

「資料には、彼の能力はアポートという名前で登録されています。遠方にある物質を取り寄せることができるようです」

聖沢が苛立たしげに顔をしかめる。

「どういうことだ？」

「聞いたまんま。ソラは参加者の能力を教えてくれる」

「どうして黙っていた？　お前、能力のことを知られたくないとかなんとか――」

聖沢の怒鳴り声を遮って、穂積は言った。

「ナンバー1が気になった」

「ああ？」

「彼が車に乗ってたからね。ちょっと探りを入れてみた。あいつは本当に俺の能力を知らないようだった」

穂積はタバコをくわえ、それに火をつけながら、ソラの画面を地図に切り替える。そこに表示された1番は、4番と共に、仲良く駅の方向へと移動している。くわえタバコのまま煙を吐き出して、穂積は続ける。

「ナンバー1はナンバー4と手を組んだのかもしれない。ま、それはいい。ちょうど金も海に沈んじゃったしね。それよりも厄介な噂がある」

「噂？」

「ナンバー1はハルウィンの社員だって話だよ」

「どういうことだ？」

「つまり、イカサマ。筋書き通りの茶番劇。ハルウィンは新しい社員なんか雇うつもりはないんだよ。自分たちの社員を潜り込ませて、そいつが勝ち残るように仕向けて、お終い」

「そんなことをする理由があるか？　年収八〇〇〇万を惜しんだってのかよ？」

「いくら金を持っていても、コーラ一本に一万円は出さないでしょ。同じことだよ。偽物の超能力者に毎年八〇〇〇万は高すぎる」

「だが、本物かもしれない。オレもお前も本物だ」

「だよねぇ。だから今ごろ、大慌てかもよ？　ジョーク企画に本物がぞろぞろ集まってきたんだからさ」

は、とおそらく意図的に、聖沢は鼻で笑う。

「どうだかな。オレはけっこう、ハルウィンは真剣だと思うぜ？」

「へぇ、どうして？」

「ソラだ」

「ああ、なんか言ってたねぇ。自分たちは本気だとか。信じたの？」

「そうじゃない。あいつらがソラを携帯させている理由は、わかるだろ？」

穂積は人差し指と中指でタバコを挟み、頷く。

「監視カメラ」

「そうだ。ほかには考えられない。向こうは、こっちを観察しているわけだ。みんなジョークならそんなところに手間はかけない」

「確かにねぇ。俺もちょうど、ハルウィンを信用しかけてたとこだよ。ナンバー1が社員だってのは、可能性が低そうだ」

「ああ。あいつは若すぎる」

「それに、俺の能力を知らない様子だった。もし彼が向こう側の人間なら、能力を知らないはずない。ソラでさえ知ってるんだからね」

「演技じゃなければな」

「そ、彼が希代の名優じゃなければ、ハルウィンのイカサマって話の方が嘘だった」

穂積はトランクから腰を上げ、海辺へと近づく。

「ともかく、君の能力――アポートだっけ？　それなら、海中の金も引き上げられるんじゃないの？」

「ああ。できる」

「ホントに?」

「だが時間がかかる」

「へぇ。どれくらい?」

「一、二時間ってとこだな。お前みたいに、スリーカウントで移動させられるわけじゃない」

「そ。ならぜひ、使ってみせて欲しいね」

「どうして? 引き上げてもお前の金にはならない」

「もちろん。でも、三億だ。他人事でも勿体ない」

「ただで能力をみせろってのか?」

「俺はみせたでしょ?」

聖沢が舌打ちする。

「わかった、やってやる。ただしここから先は、オレの指示に従ってもらう」

「指示?」

「別に、なにがどうってわけじゃない。だが主導権はこっちが持つ」

「ま、いいけどね」

穂積は片足を持ち上げ、革靴の底にタバコの火を押しつけた。

「ついでに、もうひとつひっぱってもらいたいものがあるんだけど、いいかな?」

「なんだ?」

「タバコ。今のが最後の一本だった」

「コンビニにでも行けよ」

「コンビニでタバコ買うの、苦手なんだよね。ほら、年齢認証のボタンがさ」

「そんなもん押すだけだろ」

「ポリシーでね。『はい』のボタンを押したくないの。なんか気持ち悪くない？」

「知るかよ」

「だろうね。こっちだって、君に俺のことを知って欲しいわけじゃない。ともかくタバコをひと箱——ああ、この銘柄ね。取り寄せてくれたら、リーダーは君だ」

聖沢は息を吐き出した。

「時間がかかるぞ？」

「問題ない。助かるよ、リーダー」

穂積はスマートフォンのモニターを、聖沢に向ける。

「さて、今はこんな状況だけど、どうする？」

じっとモニターをみつめて、聖沢は答えた。

「ナンバー1のあとを追う」

「ま、そうなるよね」

穂積はカローラの運転席に乗り込む。聖沢もそれに続き、助手席のドアを開けた。

「シートベルト、ちゃんとしてよね。トランクに厄介な荷物がいるんだ。安全運転でいく」

聖沢はまた舌打ちしたが、それでも素直に、シートベルトを締めたようだった。

もう一度、ソラの地図を覗き込んで、穂積は笑う。

——嘘だらけだ。

聖沢にした話には、多くの嘘が含まれる。彼が——市倉真司がナンバー1でないことを、穂積正幸は知っている。

穂積はカー・オーディオのスイッチを入れて、スマートフォンをポケットにしまった。

白いカローラが走り出す。

2
19時10分

日比野が、新しい服を買おうと言い出した。彼女自身のものではない。海に落ちた市倉を気にしたのだ。もうあと五時間で四月だが、日が暮れるとまだ寒い。

「服なんて買ってる余裕、あるか?」

「隣をびしょ濡れで歩かれるのが嫌なの。いいでしょ、別に。人が多いところに行くのは、間違ってないよ」

確かに、考え方としては真っ当だろう。採用通知を持っている以上、ふたりは狙われる側だ。人目が多い場所の方が、相手の行動を制限できるはずだ。だが、日比野を襲った黒いスーツたちが気になる。他の参加者の仲間が紛れ込んでいるのだとすれば、人込みは相手にとっても無益ではないのかもしれない。

地図を調べながら、日比野は言った。

「西の方にイオンモールがあるみたいだよ。行ってみる?」

ソラの画面をにらみつけて、市倉は答える。

「いや。駅前にしよう」

「ちょっと遠いよ? どうして?」

「ほら」

市倉が、日比野にスマートフォンを向ける。

「駅の近くに、ナンバー3がいる」

「だめじゃん。襲われちゃうよ?」

「ナンバー3は誰とも組んでいる様子がない。仲間に引き込めるかもしれない」

「あのトラックと黒服たちを雇ったのはナンバー3かもしれないでしょ」

「だとしてもだよ。こっちは採用通知を持ってるんだ。交渉できる」

「どう交渉するつもりなの?」

「それは相手次第。君の取り分は保証するよ」

市倉は足早に、駅の方向へと進む。彼らの現在地から駅までは二キロほど離れている。日比野はその後ろに続きながら、不満げな口調で言った。

「私は、仲間を増やすのは反対」

「どうして？　ふたりで逃げ切れるか？」

「敵を増やすよりはいいでしょ。私はナンバー3の顔も知らない。信用できない」

「でもソラの情報じゃ、一二歳の女の子なんだろ？」

日比野に教わって、市倉も先ほど参加者たちの情報を聞いた。ナンバー3は「シド」という名前で登録されている。一二歳、性別は女。公開されているのはそれだけで、能力さえ伏せられている。

日比野は自身のスマートフォンで地図を確認しながら、首を振った。

「それも本当かわからないでしょ。考えてみたんだけどさ、このゲームの賞金は、若い方が多くなるんだ。ハルウィンが約束しているのは年収で、六五歳までは雇ってくれるんだよ。一〇歳若いと、賞金が八億も増える」

「つまり、ナンバー3は替え玉か？」

「もしかしたら超能力を持ってるのは、本当に一二歳の女の子なのかもしれないよ。でもそれなら、保護者もついてきそうなものじゃない？　なら大人と争うのと一緒でしょ」

「そうかもしれない。でも、ナンバー3には価値がある」

「どうして？」

市倉は顔をしかめた。

——ナンバー3について、客観的に思考するのは難しい。

それでも強引に、客観的に考えてみるなら、ナンバー3の特徴はもちろんその秘匿性の高さだろう。これまでどのナンバーとも接触しておらず、ソラにさえ情報が登録されていない。つまり他の参加者はナンバー3の能力を知らない。穂積は7番を、シークレットナンバー7と呼んだ。だが今夜の試験で本当にシークレットと呼べるナンバーがあるとするなら、それは3番だ。加えて言えば、ソラがなぜナンバー3だけを特別扱いしているのかも気になるポイントだろう。あるいはハルウィンにとっても特別な参加者なのだ、という風な推測もできるかもしれない。

短い沈黙のあとで、市倉は口を開く。

「状況は意外にシンプルだ。ナンバー1は救急車で運ばれた。5番は6番に倒されて、スマートフォンを踏み壊された。残りは五人だ。2番と6番は手を組んでいて、4番が君、7番がオレ。残りはナンバー3しかいない」

「つまりナンバー3をこっちに引き込めば、人数で上回れるってこと?」

「しかも2番や6番もナンバー3の能力を知らないはずだ。ずいぶん有利になる」

「楽観的すぎるよ。会ったとたん、知らない能力で採用通知を奪われるかもしれない」

「疑い深いんだな」

「信じる理由がないからね」

ため息が聞こえた。深く大きなため息だった。

市倉は言った。

「実はナンバー3の正体に、心当たりがある」

あまりよくない展開だ。だが、どうしようもない。すでに喋り始めてしまったのだから、いまさら止める方法もない。

「知ってる人なの？」

「予想というより願望に近い。でも、確認しておきたい」

少し、緊張する。両手を強く握った。これから市倉が話そうとしていることは、今後、致命的な問題になりかねない。

「オレがハルウィンの採用試験を受けたいちばんの理由は、金でも就職でもない」

「へぇ。じゃあ、なんなの？」

「超能力者の友達がいてね。そいつを捜してるんだ」

信じることが難しい話だろう、きっと。嘘だと思われても仕方がない。友人も試験に参加しているのであれば、事前に連絡を取り合って手を組むべきだ。そうしなかったなら、たとえ相手が友人であれ、この試験中は敵対することになる。事情を知らなければそう考えるのが自然だ。

だが日比野は、簡単に頷く。

「なるほどね」

「信じるのか？」

「理由があるからね。ちょっとへんだと思ってたんだよ。ほら、ソラのこと」

「ソラ？」

「あんた、ダウンロードできなかったことを、それほど気にしてないみたいだったから。もしかしたら初めから、失格になってるかもしれないのにさ。試験に受かることが目的じゃないんだったら、なるほどって感じだよ」

角度の問題で、日比野の表情はよくみえなかった。——彼女の言葉は本心だろうか？　年収八〇〇〇万よりも友達と再会することを優先する、なんて話を、そうそう信じられるとも思えない。

言い訳のように、市倉はつけ加える。

「一応、金も就職先も欲しいんだけどな」

日比野は気にした様子もなく先を急かした。

「それで？　ナンバー3が、あんたの友達なの？」

「まだわからないよ。でも、シドって名前が気になる」

「そりゃ気にはなるよ。いかにも偽名っぽいし。もし外国人だとしても、男性名だし。それにほかの六人はフルネームで登録されてる」

「ナンバー3が彼女なら、すんなり手を組めるんじゃないかと思うんだよ」

「あんたの友達って、一二歳の女の子なの？」

「違う。オレと同い年だった」

「そ。どうしてその子に会いたいの？　元カノ？」

「そんな歳でもなかったよ」

いや、早熟な子供なら、恋愛ごっこをしていてもおかしくない歳だろう。実際、周囲には何組かの「恋人たち」がすでにいた。

ふたりが出会ったのは小学生のころだった。

とくになんてことのない思い出だ。

どんな風に仲良くなったのかも、はっきりとは覚えていない。ふたりは違う小学校に通っていたが、家はそう離れておらず、夏休みのラジオ体操で顔を合わせているうちによく遊ぶようになったのがきっかけだったと思う。先に声をかけたのは市倉の方だ。それは確かだが、疎遠になった理由の方がずっと鮮明で、出会ったころのことは印象に残っていない。

なんにせよ小学四年生の夏休みは毎日のようにふたりで過ごした。ひと月と少々。今思えばたったそれだけだが、あのころはずいぶん長い時間に感じたものだ。四〇日間も一緒にいたなら、もう人生の大半を共に過ごしたようなものだった。それでふたりはすっかり仲良くなり、夏が終わってからも交流は続いた。

印象深い思い出といえば、犬のことだ。同じ年の冬、うちの犬が逃げ出してしまい、ふたりで街中を捜索したのだ。まだ幼い犬だったから、本当に心配だった。そのときに同い年の友人がすぐ隣にいて、まるで自分のことのように真剣になってくれたことに、どれほど救われたかわからない。ふたりでずいぶん遅い時間まで歩き回って、犬は無事にみつかった。単館の小さな映画館で、そこのオーナーだろうか、雇われていただけだろうか、わからないけれど眼鏡(めがね)をかけた老人に保護されていた。まったく呑気なもので、こちらの姿をみつけると、短い尻尾をぶんぶんと振って飛びついてきた。会えて嬉しいならいなくなるなよ、と言いたい。

一方で、それで心配がすっかりなくなったわけではなかった。彼女は生まれつき身体が弱かった。冬の夜に外をさまよっていたせいで、しばらくのあいだ体調を崩していた。病院で注射を打ってもらうときにはずいぶんと怖がったものだ。そのあともしばらく、鼻をぐずぐずといわせていた。今となっては、良い思い出ではあるけれど。

あのころ、ふたりは共に自分たちのことを超能力者だと思っていた。いや、向こうのことはよくわからないけれど、こちらは本心から信じていた。それはふたりきりの秘密で、他には誰にも打ち明けないと誓っていた。

幸せな秘密の共有は、三年間、中学一年生の秋まで続いた。

だが一匹の犬の死と共に、それは終わりを迎えた。

「ま、なんでもいいけどね」

と日比野が言った。人の大切な過去に向かってなんでもいいとはなんだ、と思ったが、実際にそう言ってやるわけにもいかない。

「で、その女の子――」

「仲秋美琴（なかあきみこと）」

「そ。仲秋さんは、どんな能力を持ってるの？」

市倉はスマートフォンで地図を確認しながら、顔をしかめる。

「オレもよく知らないんだよ」

「どうして。仲、よかったんでしょ?」

「ああ、よかった。少なくともこっちはそう思っていた。実際、彼女が超能力を使ってみせてくれたこともあるよ。動かなくなったゲーム機を直してもらった」

「それ、本当に超能力? ひっぱたいたら直った、とかじゃなくって?」

「彼女は手で触れずにテレビの電源を入れたこともある」

「足でこっそり、リモコンを操作したのかもしれないよ」

「そりゃ、疑おうと思えばいくらでも疑えるよ。オレは信じてるけどね」

日比野は疲れた様子でため息をつく。

「なんにせよ、今回の試験じゃあんまり便利な能力って気はしないけど」

「どんな能力でも使い方次第だろ。少なくともナンバー3だよ。君よりひとつ、番号が上だ」

「あんたよりは四つも上だね」

「その通り。能力を抜きにしても、頭のよい子だったよ。きっと頼りになる」

だといいけどね、と日比野が言った。

ソラの地図を確認する。駅はまだ少し先だ。ふたりの前方には川が流れているようだ。特別大きな川というわけでもなさそうだが、河口付近なので川幅は広い。その川にかかる橋を越えるまでは、店舗の数も人通りも少ない。郊外型の大型店舗が並ぶ地域と、駅前とのちょうどあいだにある空白のような地域だ。片側が三車線ある大きな通りなので多少の通行人はいるようだが、聞こえるのはふたりの会話を除けば、すれ違う車の音くらいだった。

日比野はまだ不機嫌そうに言う。

「私はナンバー3を疑ってるよ。あんたの知り合いだとは限らない。ほら、あのトラックだって、消去法で考えればナンバー3の仲間でしょ」

「どうして。穂積と聖沢のチームかもしれないだろ。あいつらは竜神会なんて怪しげな組織に所属してる」

「だとしたらさ、あのふたりの、少なくとも片方はどっかに隠れてるんじゃない？　手下がいるのに派手に動き回るのはへんだよ。だって自分たちがリタイアしちゃったらどうしようもないもん。私が手下を雇っていたら、みんな任せてできるだけ日立たないようにやり過ごすね。ほら、ちょうどナンバー3みたいにさ」

日比野はスマートフォンを市倉に向ける。確かに今もまだ、3番は孤立している。駅の西側の繁華街(はんかがい)で停止したままだ。

「ま、会ってみればわかる」

と市倉は答える。

「そんな呑気な――」

日比野がスマートフォンのモニターを睨みつけながら、口を尖らせたときだった。背後の脇道から、濃紺色のスーツを着た男が現れた。歳は四〇代の半ばから後半といったところか。目じりが下がっているため少し気弱そうな印象を受ける、特徴といえばその程度の、どこにでもいそうなサラリーマンにみえた。

その男は日比野の真後ろでつぶやく。

「みぃつけた」

ぞくりとした。あの黒いスーツたちの仲間だろうか？　市倉が日比野を突き飛ばす。ほとんど同時に、ばちん、と尖った音が響く。

「あれ？」

と不思議そうに、スーツの男が、右手に握ったスタンガンを見下ろす。

まだ状況を理解できていないのだろう、アスファルトに手をついた日比野が、市倉に向かって「なにすんだよ」と叫ぶ。

どこかとぼけた声で、スーツの男が言った。

「ま、こっちでもいいや」

もう一度、先ほどと同じ音が響いて、市倉は崩れ落ちた。

※

白いカローラは国道で頭を駅に向けていた。だが、進まない。前方には赤いテールランプがずらりと列をなしている。一九時を一〇分ほど回ったところだ。帰宅ラッシュに捕まったようだった。

　カー・オーディオに手を伸ばして、穂積がぼやく。

「こんなに人がいる街かね」

　助手席でソラの地図を確認していた聖沢が、つまらなそうに応える。

「田舎の移動は車ばかりだ。仕方ない」

「これなら、歩いた方が速いね」

「そうはいかないだろ。後ろにナンバー5を積んでいる」

「あの荷物と交渉するなら、さっさと起こした方がいいんじゃないかい？　気がついて暴れ出したら厄介だよ」

「交渉にはロケーションが重要だ」

「どうかな。俺は告白で緊張する奴の心理が理解できなくてね。セリフも態度も関係ない、イエス、ノーはその前に決まってるものだ」

「女のことは知らんよ。だが、今回は違う。逃げられない、身動きも取れない、周りには敵しかいない。それだけ演出して、初めて素直になれる奴もいる」

「なるほど、効果的かもね。でもあんまり上手にやり過ぎると、ハルウィンに叱られるかもしれない」

「問題があるなら、もう動いているはずだ。奴らがソラでこちらを観察しているのは間違いない。オレたちはまだ黙認されている」

「不思議なことにね。大きな企業の考え方は、よくわからない」

テールランプの群が、ほんの五メートルずつ前進した。白いカローラもそれに続く。すぐ目の前にみえていたチェーンの牛丼屋の看板をようやく通り過ぎる。それだけに二、三分かかっただろうか。たしかに歩いた方が速い。

「おい」

聖沢が、先ほどまでよりはいくぶん真剣な声を出す。

「なんだい?」

「後ろ。警官が近づいてくる」

「そりゃ、お巡りさんだって道路は使うでしょ」

「オレたちをみている」

「そんな馬鹿な。こっちはただのカローラよ?」

「知らねぇよ。トランクから服の裾でもはみ出していたか?」

「それはない。確認した。なんにせよ、シートベルトをしていてよかったよ」

穂積がため息のようにぼやいた直後、カローラの窓がノックされた。助手席の方だ。無視するわけにもいかないだろう。聖沢が窓を開ける。

警官は、若い男のようだった。少なくとも声は若い。顔はよくみえなかった。

「すみません。通報を受けましてね、この車種を調べて回っているんです」

穂積が、軽い口調で答える。

「ご苦労さま。そりゃ大変だねぇ。こんなの、いくらでも走っているでしょ」

「トランクを開けていただけますか？」

「通報ってのは、どんな？」

「車のトランクに、男の遺体を積み込んでいるのをみた、とか」

「へぇ、安っぽいドラマみたいな話だ。いたずらじゃないの？」

「そうかもしれませんが、放ってもおけません。トランクを」

「もちろんかまわないよ。でも、いくら進まないって言っても、道路じゃね。どこかの駐車場に入っても？」

「ええ。そうしていただけると、助かります」

穂積の声には余裕があった。上手く演じている。だがこのままだと、間もなくトランクを開けられる。彼はへらへらと笑うような声で、言った。

「それと、もうひとつ。いや、一応なんだけどね。警察手帳をみせてもらえる？」

「もちろん。どうぞ」

警官の特徴的なシルエットが、胸のポケットからなにか取り出す。短い沈黙のあとで、穂積が笑い声を上げた。

「君ねぇ、ふざけてんの？」

「え？」

「警官のコスプレが趣味でもいいけどさ。もうちょっと作り込んだら？」

青年が掲げていたのは、潰れたタバコの箱だった。穂積が吸っている銘柄だ。

トレード。ふたつの物質の場所を入れ替えられる能力。穂積は警察手帳と、タバコの空箱を入れ替えた。

「待って。どうして――」

慌てる警官に、彼は告げた。

「あのねぇ、兄さん。警察の真似って犯罪なのよ?」

「私は本物です。手帳は確かに持ってる」

「つってもねぇ。不審者に車の中はみられたくないな。もし本物なら、あとでまた呼んでよ。ほら、ナンバープレートでもメモしてさ」

小さなスピーカーからはちょうど、「ジ・エンターテイナー」が流れ始める。ちょうど、と感じたのは、この曲をテーマにしている映画が詐欺師を題材にしていたからだ。

穂積は聖沢に窓を閉めさせる。低いモーター音が聞こえた。車の列が進み始める。上手く逃げ切ったか、と思った。直後。どん、と大きな音が聞こえた。後ろからだ。その音はどん、どんと、繰り返し感情的に鳴る。警官が叩いている? 違う。トランクのナンバー5、高橋が意識を取り戻したようだった。

窓の向こうで、警官が叫び声を上げる。

「待て、停まれ。トランクをみせろ」

短く、聖沢がつぶやく。

「どうする？」

「さあねぇ。やばいね」

現行犯に、警察手帳は関係ない。一般人でさえ逮捕できる権利がある。

小声で聖沢が指示を出す。

「降りろ。向こうはひとりだ。走って逃げろ」

「そうしたいけどね、乗り捨てればナンバー5がみつかる」

「オレがなんとかする」

「なんとかって、どうするのさ？」

「鍵を渡さなければ、トランクはすぐには開かない。タイミングを見計らって、高橋をアポートで引っ張り出す」

「へぇ、できるの？」

「上手くいくかはわからん。だがふたりで捕まるよりましだ。ばらけるぞ」

穂積はしばらく沈黙していた。後ろのトランクからはまだ、どん、どんと音が聞こえる。窓の向こうでは警官が騒いでいる。聖沢が苛立った声を上げた。

「穂積。リーダーはオレだ」

「そういや、新しいタバコがまだだったね」

「そんなこと言ってる場合かよ」

「必ずまた会おうぜ、相棒。タバコは買わずに待ってるよ」

「ああ、わかった」

音をたててドアが開く。穂積が走り出す。「待て」と警官が叫んだ。

聖沢が、また窓を開ける。

「そこの駐車場に入る。トランクに回れ」

彼はそう告げて、スマートフォンを後部座席に放り投げる。

明るい、でもノスタルジックな曲調の「ジ・エンターテイナー」が、弾むような音を最後に鳴りやみ、次の曲に切り替わった。

3　19時23分

アスファルトに転がった市倉は、小さなうめき声をあげた。

死んではいない。でも、身体は動くのか？

みえるのは空だけだった。もうすっかり日が暮れた空だ。ずいぶん小さな半月の周囲に細かな雲の影が浮かんでいて、空全体がくすんでいるようだ。――くそ、と内心で吐き捨てる。さっさとリタイアしておけばよかったんだ。超能力も使えない、ただの大学生が、この試験を勝ち残れるわけがないのだから。それでも市倉は、アスファルトに転がっていたスマートフォンをつかんだ。

おぼつかない足取りで振り返る。スタンガンを手にしたサラリーマン風の男が、日比野に歩み寄っているところだった。

「待て」

市倉が声をかける。痛みのせいだろう、寒さに震えるような声だった。

「誰に雇われた？　いや、誰でもいい。倍の報酬を出す。こっちにつけ」

サラリーマン風の男は、振り返って、笑った。

「君がそれほどお金を持っているようには、みえないね」

「この試験を勝ち残れば、年収八〇〇〇万だ」

「勝てるとは限らない。なら僕は、誰にベットするのかという話になる。君よりは今の雇い主の方が、勝率は高そうだ」

「採用通知はオレたちが持っている」

「でもすぐに、僕に奪われる。ボーナスが出るんだ。報酬に、さらに一〇〇〇万」

「オレなら手を引くだけで二〇〇〇万出す」

「支払い能力がない人間の言葉に、耳を傾ける価値はないな」

「残念だよ」

まず動いたのは市倉だった。スマートフォンをポケットに突っ込み、まっすぐサラリーマン風の男に近づく。だが、明らかに遅い。スタンガンの影響が残っている。

結果、彼よりも先に、日比野の方が背後から男に組みついたようだった。離せ、邪魔だ。まずあんたがそのスタンガンを離せ。そんなやりとりが聞こえる。ようやく市倉がふたりに接近して、ささやいた。

「フェイク」

それだけで、日比野もすべて察したようだ。おそらく日比野は、片方の手で触れたもののコピーを、もう一方の手に創り出せるのだろう。成人男性が強く握りしめたスタンガンを奪い取ることは難しい。だが二対一で組み合った状態で、軽く触れるだけなら容易だ。コピーは時間経過で消えるようだが、この状況では関係ない。

ばちん、とまた音が聞こえた。それから男の、濁ったうめき声。フェイクで創り出したスタンガンもきちんと機能するようだ。

「大丈夫?」

と日比野が言った。

「なんとか走れる」

と市倉が答える。

ふたりは走り出す。日比野が前、市倉が後ろ。だが間隔は詰まっている。スタンガンの影響がある市倉に、日比野が合わせているのだろう。

「今のサラリーマン、さっきの黒服の仲間かな」

「かもな。可能性は高い」

「ナンバー3に近づこうとしたら、現れた」

彼女はまだ、「ナンバー3」を疑っているようだった。市倉は、大きくはないが強い口調で否定する。

「黒服たちは違う。偶然だ」

「私は、やっぱりナンバー3に会うのは危険だと思う」

「なら一時的に別れてもいい。オレだけでナンバー3に会う」

「こだわるね」

「それが、試験に参加した理由だからな」

「でもあんたは、私と手を組むって言った。約束は守ってよ」

市倉は返事をしなかった。荒い息を繰り返すだけだった。

ふたりはしばらく、無言で走る。駅前に繫がる大通りに出たところで速度を緩めた。今度は市倉が前に出た。彼は不機嫌そうに顔をしかめて、ソラの地図を確認する。でも実際は、ただ困っているだけなのだ。

愛想なく日比野が言う。

「さっきはありがとう。助かった」

市倉はソラの画面をみつめたまま応える。

「さっき?」

「ほら、スタンガンから庇ってくれた」

「結局、君の能力を頼ったけどね」

「私は器用なことがひとつできるだけだよ。さっきのサラリーマンも、その前の黒服も、あんたがいないとどうしようもなかった」

市倉はソラから視線を外し、背後の日比野に顔を向けた。

「珍しく弱気じゃないか」

「会って一時間とちょっとで、私のなにがわかるのさ?」

「確かに。でも意外だ」

市倉は努めて軽い口調で言う。

対して日比野は、心細げに声をひそめている。

「正直、ひとりになるのは怖いよ。なんだかこの試験、思ってたのと違う。もっと平和な鬼ごっこみたいなものだと思ってた」

「賞金がでかいからな。いろいろ起こるんだろ」

「試験の参加者以外を使うなら、警察に捕まるようなことはダメっていうのも、もうそんなに意味ないよね。どんな無茶をしてくるのかわからない。年収八〇〇〇万ってさ、場合によっては人が死ぬ値段なんじゃないかって気がしてきた」

「かもな。総額でいえば、大抵の殺人事件よりは金額がでかそうだ」

「ばらばらに行動するのは怖いよ。嫌だ」

長い沈黙のあとで、市倉は深く息を吐き出す。

――ずるいやり方だ。

日比野は自分の主張を通すために、感情に訴える作戦に出たようだ。それは、相手によっては有効な作戦かもしれない。彼女が最初に市倉に声をかけたのも、今となってはよくわかる。少なくとも穂積や聖沢は、泣き落としに屈するようなタイプにはみえない。そんな理由で市倉が選ばれたのだとしても、あまりいい気はしないが。

手段を選ばないなら、日比野は危険だ。市倉が口を開く。

「約束するよ。オレは君を裏切らない」

内心でどう思っていたとしても、この場ではそう答えるしかない。

「私もあんたは味方だと思ってる。だから、無闇に危険なことはして欲しくない」

日比野は内心では、なにを考えているのだろう？　本当は市倉をどこまで信用しているのだろう？　口調からは読み取れない。

「どうしても、ナンバー3の正体だけは確かめたいんだ」

まだ意見を曲げない市倉に、日比野は苛立った様子で、口早に告げる。

「おかしいよ。あんた、なににこだわってんのさ。友達を捜すのなんか、試験が終わってからでもいいでしょ」

それは、確かに正論だった。謎のナンバーに雇われた連中も、あくまで年収八〇〇〇万のために行動しているはずだ。試験が終わってしまえば、ただの大学生を狙う理由なんてない。

市倉はまた顔をしかめて、ソラの地図に視線を落とした。ぴったりと口を結んで、しばらく画面を指ではじいていた。やがて、小さな声で言う。

「今夜、仲秋が死ぬかもしれない」

唐突な話だ。だが市倉は続ける。

「だから、急がないといけない。オレには未来がみえるんだよ」

「なんかソラが言ってたね。たしか、メッセージだっけ？」

「名前は知らないよ。ハルウィンが勝手につけたんだろ。とにかくほんの一瞬だけ、危ないこととか、不幸なこととか、そういうネガティブな未来がみえるんだ」

「それで、仲秋って子が死ぬのがみえたの？」

市倉は頷く。

「ああ。たぶん、今夜。試験終了までにあいつをみつけたい」

「でもさ、あんた、自分が能力者だかわかんないって言ってなかった？」

「不便な能力なんだよ。使おうと思って使えるわけじゃない。急に、勝手に未来がみえるんだ。頻度もばらつきがある。二年近く、まったくみえなかったことだってある」

「でもさ、みたものがそのまま未来になるなら、やっぱり能力はあるんじゃない？」

「そこも問題でね。オレがみた未来は、ほとんど現実にならない。たとえば、事故に遭う未来をみたとするだろ？　ならもうその道は通らないよ。事故も起こらない」

「じゃあやっぱり、ただの思い込みなの？」

「かもな。オレだって友達が死ぬ未来なんて信じたくないよ。でも、放っておけない」

「どんな未来をみたの？」

日比野の口調は、これまでとさほど違いがなかった。市倉の話をあまり信じていないのかもしれない。仕方のないことだが。

「場所はよくわからない。少なくとも室内だ。薄暗いビルの一室かな。半月が出た夜空の写真が飾られている。傷だらけの男が立っている。大きな窓がある。その窓から仲秋が落ちるのがみえる。頭を下にしている。たぶん助からない」

この話は、嘘だ。日比野にはわかるはずもないが、現実的には考えられない状況だ。だが日比野が感情的な言葉で市倉を説得しようとするなら、同じ方法で彼女に反論するのは効果的かもしれない。

現に、日比野は市倉の嘘を完全には無視できないようだった。

「そのビル、どこにあるかわからないの？」

「わからない。ほんの一瞬のことで、窓の向こうの景色も意識に残ってない」

「でもさ、友達なんでしょ？　電話でもかければ――」

彼女はふいに、言葉を切った。理由にはすぐに思い当たる。勢いのよい足音が聞こえてきたのだ。市倉は足を止める。前方から、パーカーを着た青年が走ってくる。彼はふたりの前で立ち止まって、額を流れる汗を拭い、無邪気な笑みを浮かべる。青年が口にしたのは、あのサラリーマンと同じセリフだった。

「みぃつけた」

この青年も、「何者か」の仲間なのだろうか？　いったい、何人雇われているのだろう。青年は手にしていたスマートフォンに向かって話し始める。

「一〇〇〇万がいた。駅前の通りの、ファミマの前だ。――いや反対。橋に近い方。ルート塞いどいて」

そのあいだに市倉と日比野はまた走り出していた。

相手は明らかに、組織だって動いている。向かいで自転車に乗っていた女子高生が、片足を地面について携帯電話を取り出した。

「みぃつけた。さっきのコンビニから西の方。あ、角、曲がった――」

囲まれつつある。だが、相手は試験の参加者ではない。その動きはソラの地図でもわからない。状況は絶望的に思えた。

日比野が悲鳴のような声を上げる。

「どうする?」

「逃げるしかないだろ」

「どこにさ?」

「さあな。向いてる方だ」

そのあいだも周囲からは、口々に同じ言葉が聞こえる。みぃつけた。みぃつけた。みぃつけた。駅の方に向かったよ。高架下を通ったよ。大通りに出たよ。向かいの信号は赤だよ――

集まっている。ぞろぞろと、敵は人数を増やしている。若者から中年まで、性別も恰好もばらばらだ。サラリーマンがいて、学生がいる。作業服を着た男がいて、買い物袋を提げた女性がいる。この街には無数の敵が紛れ込んでいる。

日比野がぼやいた。

「こんなの、もう超能力関係ないじゃない」

まったくだ。とはいえ今夜の試験が壊れること自体は、望むところだった。少なくも日比野のような、わかりやすい超能力者がハルウィンに雇われるのは避けたい。

市倉が応える。

「ハルウィンが許可している以上、仕方ない。そういうルールなんだろ」

「つっても、試験に友達連れてくる？　聞いたことないよ」

なおもぼやいていた日比野が、あ、と声を上げる。

「あれに乗ろう」

「あれ？」

「ほら、タクシー。さすがに襲ってこないんじゃない？」

道路の後方から、黒いタクシーが走ってくる。日比野が手を上げると、タクシーはハザードランプを点滅させて、ふたりの前で停まった。

開いたドアに、まず日比野が身体を滑り込ませたようだ。彼女は「早く出して。道はこっちで指示する」と運転手に告げる。彼女に向かって、市倉が言った。

「待て。嫌な予感がする」

「そんなこと言ってる場合？」

「このタクシー、窓が開いている。不自然だ――」

市倉が言い終える前に、タクシーが走り出す。ドアが閉る音が聞こえたのは、その後だった。

日比野の叫び声が聞こえる。

「ちょっと、まだ友達が乗ってない」

だがタクシーは止まらない。

市倉はその後ろを追いかける。でも、どうしようもない。赤信号で足を止めてうつむき、荒れた息で握ったままだったスマートフォンの画面を覗き込む。ソラの地図では、ナンバー1とナンバー4が、急速に離れていく。

直後、そのスマートフォンが鳴り始めた。

※

あの警官が追ってくる様子はなかった。

穂積はファミリーマートで缶コーヒーとタバコを二箱買って、店の前に設置された灰皿で一本に火をつけた。ナンバー5から奪った拳銃形のライターではない。ジッポーライターの蓋(ふた)を開く、キィン、と甲高い音が聞こえた。

彼は片手にスマートフォンを握り、ソラの地図を確認する。ナンバー1は比較的、近い位置に表示されている。五〇〇メートルといったところか。ナンバー4は、また海岸の方へ移動していた。

ホームボタンを押してソラの画面を閉じ、アドレス帳を開く。「ナンバー1／加藤」と登録されている番号に電話をかけた。長いコール。そのあいだにタバコを吸い終えた。ようやく、相手が応答する。穂積は軽い口調で語りかけた。

「こちらナンバー2。元気かい？」

「ああ。あんたか」

「そっちの状況が気になってね。ナンバー4と別れたみたいだけど？」

「彼女は攫われた。誰かが大量に、部外者を雇っている。オレも追われている」

「へぇ。なるほど。あいつも、それか」

「あいつ？」

「さっきね、偽者の警官に声をかけられた。なかなか良くできた警察手帳を持っていたよ。でもホログラムまでは再現しなかったみたいだね」

「あいつら、お前が雇っているわけじゃないんだな？」

「もちろん違う。ともかく、合流しよう」

しばらく、返事は聞こえなかった。

穂積が「どうした、ナンバー1」と声をかけてようやく、彼は答えた。

「あんたはナンバー4を追ってくれ」

「どうして？」

「採用通知は、まだ彼女が持っている。優先した方がいい」

「そっちは大丈夫なのかい?」

「大丈夫だ。オレもすぐに、合流する」

「わかった」

健闘を祈るよ、と告げて、穂積は電話を切った。それからまたソラの地図を開く。

穂積はもうしばらくコンビニの前から移動しなかった。二本目のタバコに火をつけて、ゆるゆると煙を吐きながら、地図上を動き回る数字を眺めていた。

――状況は、よくない。

彼は追い込まれている。相手がどこまでやる気なのかわからない。

――仕方がない。少し積極的に動いた方がいい。

そう決意する。発信のボタンを押した。

※

穂積からの電話を切り、市倉はまた走り始めた。

日比野が連れ去られた方向ではない。ソラの地図上の、ナンバー3を目指して進む。

採用通知を持つ日比野を捕まえたからだろうか、明らかに追手の数は減っている。でもゼロではない。ライバルを減らすために、試験終了まで市倉をどこかに拘束する、あるいはソラをダウンロードしたスマートフォンを壊すことを命じられているのだろう。

——穂積の話は、本当だろうか？

あの、警察手帳にホログラムがなかったという話。実際に確認したわけではないのだから、頭から信じることはできない。穂積、聖沢のグループへの疑念は払拭できない。加えて、気になるのはナンバー1だ。彼はなぜ試験開始早々に、あのホテルで市倉や日比野の前に落ちてきたのだろう？

ナンバー1、加藤仁。あのとき、彼のそばに他の試験参加者はいなかったはずだ。地図上では市倉と日比野がいたが、ふたりは高度が違う。

いったい誰が、なにをした？

考えられる可能性は、いくつかあった。もちろんただの事故というのもある。それから、何者かが能力によってあれを引き起こしたのかもしれない。たとえば聖沢のアポートなら、遠くからでも足場のようなものを取り寄せることで、加藤を落下させることができるだろうか？

穂積のトレードでも同じことはできるか？　他には——そうだ、日比野。彼女がフェイクで創り出したものは、どうやら時間が経過すると消えるようだ。採用通知は比較的長く効果が持続したのに対し、自動車では一瞬だった。サイズによって持続時間が違う？　たとえばボルトの一本をフェイクで作り出すことで、一定時間後に加藤を落下させることができるかもしれない。

とはいえ現状でいちばん可能性が高いのは、「何者か」に雇われた人々の仕業だろう。今、市倉を追い回している連中だ。彼らがまずナンバー1から狙うのは自然だ。けれど、だとしてもわからないこともある。彼らはどうやって加藤の居場所を知った？　試験の開始まで、ソラの地図にはナンバーが表示されていなかったはずだ。

加藤の居場所が不明だったのは、他のすべての参加者にも言えることだ。あるいは――

考え込んでいると、またあの声が聞こえた。

「みぃつけた」

市倉は小さな声で、くそ、とつぶやく。どうやら道の前方を塞がれたようだ。もちろん後方からも、連中はやってくる。おそらく「何者か」が、ソラの地図の情報を送信しているのだろう。連中には市倉の居場所が筒抜けだ。――どうする？

市倉が走っていたのは駅西側の、雑居ビルが立ち並ぶ路地だった。彼はそのビルのひとつに駆け込む。地図上では、居酒屋の名前が表示されているビルだ。スマートフォンを取り出してソラの地図を確認しながら、暗く、狭く、急な階段を駆け上がる。ナンバー3との距離は、もう一〇〇メートルほどしか離れていない。だがその一〇〇メートルが遠い。階下からは、すでに数人ぶんの足音が聞こえていた。狭い階段では相手をやり過ごすこともできないだろう。

市倉はスマートフォンを握り締めたまま、四階で階段の脇にあったドアを開けた。先は幅の狭いバルコニーになっているようだ。エアコンの室外機が窮屈そうに置かれていた。

背後で、音をたてて閉ったドアが、すぐにまた開く。

「みぃつけた」

若い青年の声。もう手を伸ばせば届く距離に、連中が迫っている。

市倉は振り返りもしなかった。躊躇いのない動作で、手すりに足をかけて、跳ぶ。先は、確認できない——

ほんの一、二秒の跳躍で、血の気が引いた。疲弊した身体で無茶をし過ぎだ。どん、と大きな音が響く。どうやら上手く、隣の建物の屋上に着地できたようだ。市倉は荒い息で立ち上がる。あの連中が追いかけてくる様子はない。諦めた？　いや、人数で圧倒的に有利なのだから、わざわざ危険を冒して追う理由がないだけだろう。

屋上にはいくつかのプランターが置かれていた。なにも植えられていないが、プランターがあるのなら、住人はここに出入りできるはずだ。市倉は屋上を走り回る。やがて前方に階段がみえた。薄い鋼鉄製の外階段だ。駆け下りると、派手な足音が鳴った。

再びアスファルトに降り立ち、走る。今はまだ、どうにか逃げ延びている。だが、こんなことをしていてはすぐにあの追手たちに捕まることはわかりきっていた。市倉は握ったままだったスマートフォンで、また地図を確認した。もう二〇メートルほど前方に、3番が表示されている。

思わず、口元が綻ぶ。

——八年ぶりの再会だ。

彼女は、市倉を覚えているだろうか？

「仲秋、お前か？」

市倉は叫び声を上げた。

返事はない。代わりに、いくつもの足音が聞こえた。前から、後ろから、方々から。みぃつけた、みぃつけた、みぃつけた――

それを無視して、市倉は叫ぶ。

「オレは市倉だ。市倉真司だ。仲秋、返事をしてくれ」

不安げな表情で、市倉はソラの地図を覗き込む。ほんの二、三メートル前方に、3番が表示されている。だが周囲にいるのは「何者か」に雇われた連中ばかりだ。サラリーマン、青年、ジャージ姿の女性、中年男性、高校生――細い路地の前後を合わせると、一〇人ほどはいるようだった。彼らはゆっくり、市倉に近づいてくる。

「仲秋」

と、もう一度、市倉は叫んだ。

そのとき、ビルとビルのあいだの、ほんの数十センチの隙間から、かさりと小さな音が聞こえた。

「仲秋――」

市倉がそちらに向き直る。

遠くの、看板かなにかの明かりに照らされて、うるんだ真ん丸の瞳がみえる。それは小さな声で、鳴き声を上げる。

彼の前にいたのは、一匹の柴犬だった。

4　19時40分

音をたててタクシーの窓が閉ったとき、すべてが計画されていたことだとわかった。その窓は黒みがかっていた。ミラーガラスだろう。よくみればリアガラスも同じ素材でできている。

日比野は繰り返し窓を叩く。がちゃがちゃとドアを開こうとしてみる。だがどうにもならない。走る密室の中に、彼女は閉じ込められていた。あるいは時間をかけて考えれば、脱出する方法をみつけられたかもしれない。乗っているのは運転手がひとりだけで、彼はハンドルから手を離すわけにもいかない。だが、日比野に与えられた時間は短すぎた。五分も経たないうちにタクシーは目的地に到着したようだった。

海岸沿いにある倉庫のひとつにタクシーが入り、停車する。まもなくシャッターが閉る音が聞こえた。そのすぐあとで、後部座席のドアが開いた。

「ようこそ、いらっしゃい」

と、女性の声が聞こえた。

がらんとした巨大な倉庫の中で、その声はわずかに反響したようだった。開いた後部座席のドアの向こうに、二〇代の後半にみえる女がひとり立っている。その周りには、黒いスーツを着た男たちがいる。車内からでは、正確な人数はわからない。

日比野は座席に座ったまま、スマートフォンをみせつけるように突き出して、言った。

「近づくな。警察を呼ぶよ」

女が笑みを浮かべて、首を傾げる。

「じゃあ、その前にスマートフォンを預かりましょうか?」

「意味ないよ。もう遅い」

「試してみる?」

「もうやってる」

日比野は引きつった笑みを浮かべる。

「あんたたちがどこまで理解してるのか知らないけどね。私は今、ある企業の入社試験を受けてるんだよ。このスマートフォンには、企業が配布したアプリが入っていて、こっちの音声はみんな筒抜けだ。大きな企業だよ。冗談みたいな採用試験だけど、その参加者が倉庫に監禁されるようなことを見過ごすはずがない。もう警察に連絡がいってるんじゃない?」

日比野の言葉には、一定の説得力があるはずだった。相手がいずれかのナンバーに協力しているのは間違いない。なら、ハルウィンの採用試験のことを知っているだろう。

だが女は笑みを崩さない。

「監禁ではないわね。貴女の自由は保証するつもりよ。倉庫のドアも、ほら、少し開けているでしょ。私は日づけが変わるまで、貴女とお茶でも飲んで過ごそうと思っただけなの」

みて、とその女は、倉庫の一角を指した。そこには場違いな白いテーブルと椅子が置かれている。テーブルの上にはティーセットと、何種類かのカットされたケーキが載っている。

日比野はタクシーの後部座席に座ったまま、反論する。

「なにが自由だ。強引にここまで連れてきたくせに」

「ずいぶん認識が違うわね。こちらが手配した車に、貴女の方から乗り込んだはずだけど」

「ドアは開かなかった」

「走行中の車のドアを開けるわけないじゃない」

「なら私は今すぐ、ここを出てもいいわけ？」

「もちろんかまわない。でも少しくらい私と話をしてくれないかしら？　貴女にとっても、有意義な時間になると思うけれど」

「ふざけるな」

「ふざけてはいない。採用通知を買い取るわ。いくらなら売る？」

「いきなりスタンガンを押し当ててくるような人たちの話は信じられないね」

「スタンガン？」

「とぼけないで。仲間がやられた。こっちもやり返したけどね、正当防衛だよ」

「知らない、本当に。申し訳ないんだけど、協力者のことをみんな把握しているわけじゃないのよ。確かにちょっと、血の気が多いのも交じってたかもね」

「じゃあ私のミニにトラックをぶつけたのは？」

「それは報告を受けてるわ。軽い事故だって認識だけどね。なんとか示談で収めてもらえないかしら？　もちろん、修理費はこっちで持つ」

「白々しいね」

「できるだけ友好的にしたいというのは本心よ。争う理由もないでしょ。正直、こちらはお金には困っていない。これだけ頭数を揃えているんだから、わかってもらえると思うけど。穏便に話をしましょう。採用通知を売る気はある？」

日比野は沈黙する。

——この女の話は本当だろうか？

市倉と手を組んだとき、日比野が提示した金額は二億だった。年に四〇〇〇万ずつ、五年かけて二億。それ以上の金額を手にできるのであれば、日比野にとっても悪い話ではないかもしれない。

一方で、この女を素直に信じるのも馬鹿げている。彼女たちが本当に金を持っている保証もない。ハルウィンから得られる金をあてにして、どこかから前借りしているだけであれば、日比野に回す金までは予定に入っていないかもしれない。

日比野はようやく答える。

「私ひとりでは決められない。仲間がいるんだ」

「名前は？」

「それは言えない」

「ナンバー1？」

違う。だが、その勘違いは納得できるものだった。市倉はずっと、ナンバー1のスマートフォンを携帯している。

またしばらくためらってから、日比野は頷いた。

「うん。そうだよ」

「ならその人も、こちらに呼んでもらえない？　ふたりで話し合って決めればいいわ。美味しいお茶もケーキもあるし」

「嫌だね。あいつには私の方から会いに行くよ。どうしてもって言うんなら、あんたがついてくればいい」

「そうしてもいいんだけど、ここを動かない方が賢明だと思わない？　もし採用通知を奪われるようなことがあれば、互いに困るでしょ」

「かもね。でも、私はナンバー1の連絡先さえ知らないよ。呼びようがない」

「電話番号はこちらで把握しているわ」

「ずいぶん手回しがいいね」

「そうでもないのよ。運が良かっただけ」

さあそろそろ出てきてくれない？　とその女は言った。

意外な展開になってきた。日比野はようやくタクシーを降りる。

「あんた、名前は？」

桜井、とその女性は答えた。

※

柴犬はのんびりとした歩調で市倉に歩み寄り、足元に座り込んだ。首からは赤いポーチを提げている。市倉は長い沈黙のあとで、ええと、とつぶやく。

「シド?」

わん、と柴犬は応えた。——ナンバー3、シド。一二歳、性別は女。犬であっても、それらの情報に矛盾はない。

市倉はさらにもうしばらく、茫然と立ちつくしていた。なんだか笑ってしまいそうになる。だが市倉は周囲を「何者か」に雇われた連中に取り囲まれているのだ。本当に笑っているわけにもいかない。一応は、すでに対策を講じていた。だが上手くいくかはわからない。それなりに準備をしてきたつもりだったが、今夜の試験は不確定要素ばかりだ。

周囲を見回して、市倉は言った。

「お前らの目的はなんだ?」

答えたのは、ひとりの青年だった。

「金だよ。スマートフォンを壊せば五〇〇万」

「器物破損は犯罪だ」

「弁償するよ。ちょっと多めにね。オレらだって、手荒なことをしたいわけじゃないんだ。素直にスマホ、渡してくれないかな？」

　今回は、いきなりスタンガンを押しつけられる、という風なことはないようだ。その意味では安心した。

「ちょっと考えさせてくれないか」

「ちょっとって、どれくらい？」

「考えがまとまるまでだよ。そう長い時間じゃ――」

　市倉は言葉を切る。じっとソラの地図をみていた。すぐ近くに、ナンバー2の文字がある。

　穂積正幸。彼は路地の奥から、ゆっくりと歩いてきた。口にはタバコをくわえ、左手には缶コーヒーをつかんでいる。右手で口のタバコを取り、煙と一緒に彼は言った。

「よう、ピンチかい？」

　市倉は小さく舌打ちする。

「どうした？　ナンバー4を追いかけたんじゃないのか？」

「そうするつもりだったが、ひとりじゃどうにも不安でね。一緒に行こうぜ、ナンバー1」

　この状況で、どうやって。

　穂積は優れた能力者だと思うが、両手で数え切れないほどの人数に囲まれて、いったいなにができるだろう？　市倉と穂積の距離は、ほんの五メートルほどしか離れていない。だが、その五メートルを、無事に歩き切れるだろうか？

　市倉は小さな咳払いをして、それから頷いた。

「ああ。そうしよう」

穂積に向かって、足を踏み出す。一歩、二歩。目の前で、「何者か」に雇われた連中のひとりが言った。先ほどまで市倉と話をしていた青年だった。

「おいおい、勝手に話、進めないでよ」

その声とほぼ同時に、サラリーマン風の男が脇から近づき、市倉が手にしているスマートフォンに手を伸ばす。だが直後、男は甲高い叫び声を上げてうずくまる。

「なにをした?」

と、青年が叫ぶ。市倉は答えず、まっすぐに歩く。その手にあるのは、スマートフォンではなかった。吸いかけのタバコだ。ナンバー1のスマートフォンは、穂積の手の中にある。

トレード。穂積はぎりぎりのタイミングで、スマートフォンと、火のついたタバコを入れ替えた。それに気づかず、サラリーマン風の男はタバコの火をつかんだのだろう。

直後、白いセーターを着た女が、右手を市倉に向かって突き出した。見覚えのあるスタンガンを握っている。どこかで配布されているのだろうか。だがスタンガンは彼女の手の中で、よれたレシートにすり替わっていた。またトレード。便利な能力だ。

「ふざけんなよ」

青年が市倉に殴りかかる。その拳めがけて、市倉がタバコを弾いた。だが、その火はすでに消えている。直後、がん、と硬い音が響いた。青年は自身の拳を左手で押さえる。アスファルトに、少しひしゃげた缶コーヒーが転がった。今度は火の消えたタバコと缶コーヒーを、穂積が入れ替えた。

もう市倉に近づく人間はいなかった。彼は集団のあいだを抜けて、穂積の隣に並んだ。

「わかってるね、なかなかクールだ」

笑うような声で、穂積は市倉にスマートフォンを差し出した。

「意外だな。返してくれるのか」

「おいおい、俺が一度でも君を裏切ったかい？　仲良くしたいのよ」

穂積は手元に戻ってきたタバコを伸ばし、またくわえて火をつけ直す。

ふたりの足元で、うぉん、と犬が鳴いた。

「なんだい、こいつは？」

「シドだよ」

「シド？」

「ナンバー3」

「まじかよ」

ふたりと一匹が並んで歩き出す。その姿を、後ろの連中は茫然と見送っていた。能力のことは知らされていないのか、知っていても信じていなかったのか。ともかく目の前で起こった不可解な現象に、思考がついていかないのだろう。

市倉たちはそのまま路地を抜けて、大通りに出た。

直後、スマートフォンが鳴った。

5　19時55分

倉庫は広い。

はっきりとはわからないが、長い辺で三〇メートルほどあるだろうか。長方形の、がらんとした空間だ。荷物はほぼ置かれていない。天井も高く、列をなして吊り下がった丸い照明が白い光を放っている。その様は体育館に似ていた。

日比野が場違いに小奇麗な、白いテーブルに着くと、桜井と名乗った女性がティーカップに紅茶を注いだ。日比野はそれを脇にどけ、スマートフォンの電話アプリを開く。

「ナンバー1の電話番号、早く教えてよ」

「紅茶は？」

「飲むわけないでしょ」

桜井は小声で「美味しいのに」とつぶやいて、自身のスマートフォンのモニターを日比野に向ける。

「はい、電話番号。これでかけていいわよ」

日比野は無言で、自身のスマートフォンに番号を入力する。だが、出ない。機械的なアナウンスが流れるだけだ。

「この番号、合ってるの？」

「もちろん。なにか手が離せない理由があるんじゃない？」

「いや、話し中って言われた」

「そ。あとでかけ直してみて」

日比野は露骨に顔をしかめる。疑わしい状況ではある。電話番号ひとつをずっと話し中にしておくことくらい、難しいことではない。だが一方で、彼女たちがそんな嘘をつく理由もないだろう。市倉と連絡が取れなければ交渉もまとまらない。

「これ」

桜井が、Ａ４サイズほどの用紙を一枚、日比野に差し出す。

「なに？」

「みればわかるでしょ。契約書よ。乙は甲に対し、ってやつ。内容は私たちが貴女から、いくらで採用通知を買い取るかって話」

「契約書まで書くの？」

「あとから違法に奪われたなんて主張されたくないもの。こっちにも落ち度はあるしね、貴女の車のこととか」

「印鑑ないよ」

「朱肉はある。指紋でもつけといて。貴女の名前と、金額はまだ書いていない。それを書いてもらうのが私の仕事ってこと」

「その前に、いくつか訊きたい」

日比野は左手で頬杖をついた。右手のスマートフォンは、ナンバー1の電話番号を表示したままになっている。

「結局、あんたたちはだれを採用させたいの？」

「だれって？」

「どのナンバーに雇われてるのかって訊いてんだよ」

「答えたくないわね」

「どうして？」

「考えればわかるでしょ」

「雇い主を守りたいってわけ？　これから『法的に裁かれるようなこと』をするから」

「危ないことをするつもりはないけれど、あとで問題にされると面倒だからよ。雇い主を守りたいっていうのは、その通りね」

「たいした忠誠心だ」

「ま、ね。それは自信がある」

「いくらもらってんの？」

「幸せを買えるくらいの金額」

桜井はくすりと笑う。

「もう何年も前にね。それなりに恩があるのよ。だから私がちょっと警察に叱られるくらいなら、別にかまわない」

意外な言葉だ。彼女たちは、金だけで動いているわけではないのだろうか。もちろん桜井の発言を頭から信用する理由はないが、疑う根拠も今のところ存在しない。そして、彼女たちのチームに報酬よりも強い繋がりがあるのだとすれば、状況はさらに一段、厄介になる。

日比野は続けて尋ねる。

「じゃあ、あんたらの雇い主の目的はなに？」

「就職活動よ。決まってるでしょ、採用試験なんだから」

「でも、お金には困ってないんだよね？」

「ええ。だから採用通知は、貴女たちが納得する額で買い取るわ」

「それは最終的に、あんたの依頼主が採用されなくても？」

「もちろん。条件は採用通知を引き渡すことと、貴女が今すぐ試験を降りることだけよ」

「信じられないね。名前もわからない相手と、交渉なんてできない。雇い主はだれ？」

「だから、答えたくないって――」

桜井は言葉を途中で切り、スマートフォンを眺めてため息をついた。それから改めて、口を開く。

「言いたかったんだけどね。どうやら、そういうわけにもいかなくなったみたい」

「どういうこと？」

「身勝手なのよ、彼。まったく、私たちがどれだけ時間をかけて準備していると思ってるのかしら」

日比野もソラの地図に視線を向けた。様々なナンバーが、この倉庫に集まりつつある。1、2、3番はまとまって。でも彼らより近く、倉庫のすぐ前に、6番があった。

――ナンバー6、聖沢巧。

倉庫のシャッターが、音をたてて開く。スマートフォンを手にしたまま日比野は振り返る。白いカローラが、ゆっくりと侵入してくる。運転席から男が降りた。

警官の制服を着た青年だ。彼に向かって、桜井は言う。

「あの人は?」

「後ろで寝てますよ。疲れたって言って」

「どうしてこっちに来たのよ?」

「だってそうしろって聖沢さんが言うんだもん。逆らえませんよ」

「そ。で、貴方はいつまでそんな恰好をしてるの?」

「すぐに着替えます。奥、使わせてください」

警官姿の青年は助手席からスポーツバッグを引っ張り出し、倉庫の奥へと歩み去る。よくみえなかったが、後部座席には確かに、男がひとり乗っているようだ。

日比野は桜井に向き直る。

「ナンバー6が、あんたらの雇い主?」

「秘密にしておいてね」

「私がここから、穏便に出ていくことができたらね。交渉がまとまるにせよ、まとまらないにせよ」

「なんとかまとめたいところだけどね」

「もうひとつ。どうしてナンバー6が、ここに戻ってきたことがわかったの？」

「決まってるでしょ。ソラの地図に、数字が表示されているからよ」

桜井は手にしていたスマートフォンのモニターを、日比野に向ける。

「あんたも、ソラをインストールしていたの？」

「いいえ。あの身勝手なリーダーのスマホに細工して、同じ画面がこちらにも表示されるようにしておいただけよ」

「面倒なことをするね」

「だってダウンロード数が増えちゃうと、ハルウィンに私たちのことがばれるかもしれないでしょ。事前に注意を受けると面倒だから」

「あとから怒られても同じだと思うけど」

「向こうが用意したルールには則(のっと)ってるわよ。注意深く読み込んだもの。ソラの説明にしかないルールもあったから、聞き込んだ、という方が正確かしら」

「どっちでもいいよ。危ないことをするね」

「確信があるのよ。ルールの穴をついた、なんて理由で、ハルウィンは採用を取り消したりはしない。年収八〇〇〇万よりも会社の信用の方が大事に決まってる」

「なるほどね」

つぶやいて、日比野はまた地図を確認する。ナンバー1は2、3番と共に、この倉庫に近づいている。彼女はもう一度、ナンバー1のスマートフォンに発信した。だが、やはり彼は出ない。先ほどと同じように、通話中です、とアナウンスが流れるだけだった。

今、市倉が誰と通話しているのか、日比野にはわからない。でも。

——もちろん私が、いちばんの嘘つきだという自信はある。

目を閉じて息を吐き出す。

——でも私はこの試験の全貌を、追い切れているのだろうか？

誰が、どれだけの嘘をついているのか、まだわからない。

※

ナンバー1のスマートフォンが鳴ったとき、時計は一九時五五分を指していた。モニターには公衆電話と表示されている。

市倉はコールがさらに三回鳴るあいだ、その表示をみつめていた。隣の穂積が「彼女からかい？」と声をかける。それには答えず、市倉は電話に応答した。

すぐに男の声が聞こえた。

「こんばんは、市倉さん」

落ち着いた、小さな声だった。少し掠れているからだろうか、高齢のように感じた。

同じように声をひそめて、市倉は尋ねる。

「誰だ？」

「そのスマートフォンの持ち主ですよ」

「じゃあ――」

「加藤仁と申します」

本物の、ナンバー1。どうして？

加藤は続ける。

「ホテルではお世話になりました。ああ、こちらのことはご心配なく。腕の骨が折れたのと、額が切れてしまったので見た目はなかなか派手な怪我人になりましたが、ほかは元気なものです。落下の途中、木の枝に当たったのが上手くクッションになったようです。もちろん、貴方がすぐに救急車を呼んでくれたおかげなのは言うまでもありません」

「なんの用だ？」

「お礼を言いたくてね、病院の電話からかけさせていただきました。貴方の携帯電話は、私が預からせていただいています。今夜中にはお返しできるかと思います」

「そんなことはどうでもいい」

「いえいえ。携帯電話は、個人情報の塊ですから。大事にした方がいいですよ？　それから、発言にはお気をつけください。隣の穂積さんに聞かれてしまうと、いろいろと問題ではないですか?」

　市倉は、音をたてて唾を飲み込んだ。

　奇妙な状況だ。本物のナンバー1、加藤仁。どうしてこのタイミングで、彼が市倉に電話をかけてくるのだろう? どうして彼のスマートフォンを持っているのが、市倉だとわかったのだろう? どうして、隣に穂積がいることを知っているのだろう? スマートフォンを失った加藤には、ソラの地図を確認することもできないはずだ。

　――協力者がいる。

　それが、いちばん自然だ。

　変わらず小さな声で、加藤は続ける。

「貴方には感謝しているんです。本当にね。だから、ご迷惑でなければアドバイスを差し上げたいと思い、こうして電話をかけさせていただきました」

「へぇ。どんな?」

「まず、ナンバー4のところには、向かわない方がいい。危険です」

　市倉が息を吸う。だが口を開くよりも先に、加藤が続ける。

「と、私が申し上げても、貴方があの倉庫に向かうことはわかっております。私、少々未来を知っているもので」

　ハルウィンのデータでは、加藤の能力は「フォーサイト」とされていた。未来予知能力の一種で、行動の結果を事前に知ることができる。はっきりとはわからないが、たとえば宝くじを買う前にそれが当たるか外れるかわかる、という風な能力だろうか。

もしそれが真実なら、ナンバー1にふさわしい強力な能力だ。だが彼は試験開始と同時に大怪我を負い、病院に運ばれている。

——おそらく彼自身は、超能力者ではない。

これまでの情報を総合して考えれば、そうなる。だが彼がナンバー1としてこの試験に参加したことには、理由があるはずだ。

加藤は言った。

「私は市倉さんに、恩を返したいのです。だから、どうかこの通話を切らず、倉庫までお持ちください。ポケットに入れていただいていて結構です。それでも大声を出せば貴方には聞こえるはずですので、必要に応じて、アドバイスさせていただきます。ああ、通話料のことはお気になさらず。父の遺品に大量のテレホンカードがあったのですが、今の時代、使うこともなくってね」

なんなんだ、この男は。本当に市倉に味方するつもりなのだろうか?

ナンバー1、加藤仁。

——他の誰よりも、この男を警戒すべきなのは間違いない。

ハルウィンには不穏な噂があり、その噂に加藤は関わっている。証拠と呼べるものも、すでにこちらの手の中にある。

加藤は一方的に喋りつづける。

「心配なのは、そちらのバッテリーですね。コンビニに寄って、携帯用の充電器をお買い求めください。もしお持ちでないなら、一緒に絆創膏も買っておいた方がいい」

ようやく、市倉が尋ねる。

「絆創膏？」

「今夜、貴方は左頬を怪我します。それほど深い傷ではありませんが、雑菌が入るといけませんので、一応。――はい、それではここで、お喋りは終了です。スマートフォンをポケットにお戻しください」

それきり加藤は喋らなくなった。市倉は指示通りに、通話を切らずにスマートフォンをポケットに戻す。まだ頭が混乱していた。加藤のことがわからない。いったいこの通話に、どんな意味があるのだろう。

「どうした？　あんまり顔色がよくないね」

と穂積が言う。

「なんでもない。関係ない電話だ」

「そ。海までは少しある。タクシーでも拾おう」

「その前に、コンビニに寄らせてくれ」

「おいおい余裕だな」

「いや、必死だよ。スマホのバッテリーが切れそうなんだ」

ふたりは歩き出す。その後ろに一匹が続く。加藤はスマートフォンの向こうで、沈黙を保っていた。

3話
最良の嘘について

20：00〜

最終試験運営

スタンガンに誘拐。これはもう立派な犯罪です。
今すぐ試験を中止にするべきです。

いえ。参加者が法を犯した明確な証拠はありません。

車が海に落ちた時点で私たちが介入するべきでした。
上はなんと言っているんですか？

見守れ、と。

あり得ない。本当に、死人が出ますよ？

そもそもこれはエイプリルフール企画ですよね？
まるで本物の超能力者がいるような——

貴方が余計なことを考える必要はありません。
採用通知の行方だけに集中してください。

じゃあ何が起これば、この試験は中止になるのですか？

中止にはなりません。

どうして？　こんなの説明を受けていません。
この試験の、本当の目的はなんですか？

決まっているでしょう。
超能力者をみつけることです。

1 20時10分

コンビニで買い物を済ませた市倉たちは、タクシーを止めた。ドアが開いてすぐに、運転手が告げる。

「すみませんがね、カゴに入れてないペットは乗せちゃいけないことになってるんですよ。ほら、毛が落ちると、次のお客さんに迷惑でしょ?」

穂積が言った。

「だってよ、シド。ここで待ってるかい?」

もちろんシドに、日本語はわからない。小さな唸(うな)り声で威嚇(いかく)しただけだった。

市倉がため息をこぼす。

「なんとかなりませんか?　迷惑料は払います」

「規則は規則ですからねぇ」

横から、穂積が口を挟む。

「我儘(わがまま)を言って悪いんだけどね、急いでるんだ。一万出すよ。五分で済むお掃除にしては、良い値段じゃないかい?」

真面目(まじめ)な人物なのだろう、運転手はしばらく沈黙したが、やがて言った。

「兄さんたち、どこまで?」

「ほんの三、四キロだよ。問題は起こらない」

「わかった、乗って」

「助かる」

ふたりと一匹はタクシーに乗り込む。

穂積が運転手に告げた。

「次の角を南へ。海沿いまで出てくれ。その通りを、まっすぐ西へ」

ドアが閉る音が聞こえて、タクシーが走り出す。

声をひそめて、穂積が市倉にささやく。

「俺たちは仲間だ」

「ああ。そうだな」

「腹を割って話をしよう。君、名前は?」

「加藤――」

「では、ない」

穂積は小さな笑い声を漏らす。

「ナンバー1、加藤仁。あいつとは話したことがある。電話だけどね。君とは声も話し方も違う」

市倉は息を吐き出す。

――考えれば、わかることだ。

穂積はナンバー1から、採用通知を買い取る約束を取りつけていた。事前に連絡を取り合っていたのだ。声くらい、知っていると考えた方が自然だ。

「初めから、気づいていたのか」

加藤のことを考える。

先ほどの通話で、彼は穂積に会話の内容が聞こえないよう、小声で話していた。――隣の穂積さんに聞かれてしまうと、いろいろと問題ではないですか？　加藤は確かに、そう言った。

だが穂積は市倉がナンバー1ではないことを知っていた。穂積が知っていることを、加藤も知っていたはずだ。なら、彼はどうして、あんな言い回しを使ったのだろう？　穂積に通話の内容を推測されたくなかったから？　よくわからない。

加藤仁と穂積正幸。ナンバー1とナンバー2。どちらも単純な人間ではないだろう。

市倉は尋ねる。

「どうしてこれまで、オレが偽者だってことを指摘しなかったんだ？」

「君の思惑がわからなかった。相手がカードを伏せているのに、こっちだけオープンするわけにはいかない。それに聖沢の目があった」

「あいつとは、手を組んでいるんじゃないのか？」

「そのつもりだよ。でも、向こうにだってなにか隠し事があるのかもしれない。あいつは意外とわかりづらい」

「なにが?」

「目的が。金じゃないような気がするよ。ナンバー1に渡すはずだった三億は、あいつが用意した。そしてあいつの車と一緒に海に沈んだ。でも、気にした様子もない」

「あの金は偽物だった」

「ん?」

「海の中で確認した。札束の一枚目だけが本物。あとはただの紙束だ」

穂積が言葉を詰まらせた。それから、息を吐いて笑う。

「ずいぶんな余裕だ」

「必死だったよ。良いスーツケースは水に浮くと聞いたことがあった。だから、中身を捨てたら浮くかと思って」

「ヴィトンの話か。ありゃ気密性が保たれてこそだよ」

「そうなのか。なんにせよ、あれは偽札だ」

「そりゃ、ずいぶん話が変わってくるな」

「ああ。あいつの目的は、金でもおかしくない」

「かもな。なんにせよ聖沢は、俺に嘘をついていたってわけだ。悲しいねぇ、やっぱりどこかで俺を裏切るつもりだったのかもしれない」

タクシーは通りを南へと進む。順調な速度だ。日が暮れてからわざわざ海に向かって走る車なんかそうそういないのだろう、一時間ほど前のラッシュが嘘のようだった。

地図上では、すでに6番の文字が、海辺の倉庫に到着している。聖沢巧。状況だけをみれば彼がいちばん、日比野が持つ採用通知に近い。

「聖沢とは、どんな条件で手を組んでいたんだ？」

「採用されるのはあっちだが、儲け（もう）は折半（せっぱん）。ナンバー1から採用通知を買い取る金は、向こうが準備する。代わりに俺はナンバー1と交渉する」

「あんたはどうして、ナンバー1の連絡先を知っていた？」

「仕事柄、そういうのは得意でね」

「暴力団員が？」

「なぜそうなる？」

「そんな話をしてただろ。竜神会だかなんだか」

「あれは聖沢の話だよ。本当かどうかも、今となっちゃわからないけどね。俺はそれに乗っかっただけ」

「じゃあ、あんたの仕事は？」

「探偵」

「探偵って、あの？」

「他にどれがある？　ニューヨークで三年。こっちに戻ってきて四年。ハードボイルドに憧れてね。だからまあ、連絡先を調べるのは得意だ」

「どうして探偵がハルウィンの試験を受けるんだよ？」

「だって年収八〇〇〇万だぜ？　それにやってみて気づいたが、探偵は意外に女にもてない。秘密を探る男は嫌われるらしい」

　穂積はおどけた調子で語る。本心のわからない男だ。

　――少なくとも彼はまだ、こちらを裏切ってはいない。

だが、最後までそれは続くだろうか？

　変わらず軽い口調のままで、穂積は言った。

「で、君はだれだい？」

「ただの大学生だよ。名前は、市倉真司」

「シークレットナンバー7」

「別に、秘密にしたつもりはない」

「どうしてナンバー1のスマートフォンを持ってるんだい？」

「たまたま拾った」

「へぇ。そりゃ、ずいぶんな強運だ」

　穂積の声に、わずかに皮肉が混じったような気がした。もちろん試験開始直後に、たまたまナンバー1のスマートフォンを拾うというのは、素直に信じられる話ではない。

　市倉は小さなため息を漏らす。

「むしろ不運だと思ってるよ。オレはソラをダウンロードしていない。初めから失格なのかもしれない」

「どうかな」

穂積はスマートフォンを取り出す。まっ黒だった画面に、彼の笑みが映り込む。

「俺は玩具とゲームが好きでね。こういうのを与えられると、つい色々試してみたくなるんだ。

――ソラ、起きてるかい？」

彼が声をかけると、すぐに機械音声でソラが応答する。

「なにか御用ですか？」

「ルールの確認だ。試験中は、ずっと君を身近に置いておかなければならない」

「イエス。その通りです」

「身近ってのは、どの程度の距離だ？」

「五メートルと設定されています」

「それは、自分のスマートフォンにダウンロードしているソラでなければならない？　それとも、別の参加者のソラでもいいのか？」

「ごめんなさい。よくわかりません。別の言い回しを試していただけませんか？」

笑顔のままで、穂積は市倉に視線を向ける。

「ほら、ルールで定義されていない。君が自分のソラを持っていなくても、ずっとナンバー1のスマートフォンを持っていたなら、明確なルール違反じゃない」

「本当に？」

「わからないけどね。ハルウィンは、君がナンバー1じゃないことに気づいているはずだ。でも忠告がないのなら、許容されているのかもしれない」

その可能性は考えていなかった。かなり強引ではあるが、穴は穴だ。

とくに嬉しげでもない口調で、市倉がつぶやいた。

「なるほど。オレも完全にアウトってわけじゃないのか」

「絶対にセーフだともいえないがね。この試験は、意外に穴が多そうだ」

まったく、同意見だ。

ハルウィンは今夜の試験を真っ当に運営するつもりがあるのだろうか？　穴はいくつもみつかる。そこにつけ込もう、という意識は初めから持っていた。あるいは本当に、今夜の試験はハルウィンのジョーク企画なのかもしれない。こちらの心配はすべて杞憂で、あの大企業にとってはエイプリルフールの冗談に、年収八〇〇〇万を払うなんてことは別に問題でもないのかもしれない。

だが、そう高を括るのも危険だ。ハルウィンが能力者に興味を持っていることは間違いない。最高責任者も肯定しているし、より具体的な証拠も持っている。

市倉が口を開く。

「そっちの考えを確認したい」

「考え？」

「つまり、聖沢をどうするつもりなのかってことだ。もう手は切ったのか？」

「まだ。警戒はしてるけどね。でも向こうが友好的なら、俺だって握手くらいするさ」

「あんたの目的は、金だけなんだな?」

「ああ。一緒に大金持ちになろう」

「そうしよう」

市倉が真面目な声で言って、穂積は息を吐きだして笑う。

「この試験の参加者は、嘘つきばかりだ。きっといちばん嘘が上手いひとりが、目的を叶えるんだろう」

「かもな」

「ところで、ナンバー7。最良の嘘ってのは、どんなものだと思う?」

「最良?」

「そう。もっとも優れていて、もっとも強い嘘。そいつは意外に、真実なんじゃないかと俺は思うよ。これだけ嘘であふれた試験だ。本当のことまで嘘に聞こえる。誰もが嘘だと思っている。でも、実は真実だ。そんな言葉が最良なのかもしれない」

タクシーは海沿いの道を西へと進む。エンジンの音が鼓膜を揺らす。

しばらくの沈黙のあとで、市倉は尋ねた。

「つまり、なにがいいたい?」

「下手に疑い過ぎるなって話だよ」

「なるほど。でもオレの考えとは、少し違う」

「へぇ。じゃあ、君が考える最良の嘘はなんだい?」

「誠実な嘘」

たったそれだけを、市倉は答えた。穂積もそれ以上、なにも尋ねはしなかった。

そろそろ雑談の時間は終わりだ。ソラの地図では、すでに一〇〇メートルほどの距離まで4と6が近づいている。「ここで停めてくれ」と穂積が言った。

2　20時17分

その倉庫は、平屋建ての簡素なものだった。おそらく船で運ばれてきた荷物を一時的に保管し、トラックに積み替えるために建てられたものだろう。インターネットで倉庫の住所を検索すると、つい最近まで賃貸業者のwebページに登録されていたことがわかる。今夜の試験のために連中が借りたのかもしれない。

webページには、正確な間取りは掲載されていなかった。延べ床面積は一五〇坪程度で、鉄骨造平屋建てとある。二〇メートルほど手前でタクシーを降りた市倉と穂積、それからシドは、ゆっくりとその倉庫に近づく。

緊張した声で、市倉が言った。

「どうする?」

穂積の方は、余裕のある口調で応える。

「どうすればいいと思う?」

市倉は音をたてため息を吐き出す。

「わからないよ。でも、聖沢までここにいるのが気になる」

「ああ。可能性はふたつだ。聖沢も連中に捕まったのか、あるいは聖沢が連中のリーダーなのか」

「どちらでも厄介だ」

「まったく。でも、まだ捕まっていてくれた方がましかな。彼と殴り合いたくはない。あの腕をみたかい? 知性で発展を遂げた人類への冒瀆(ぼうとく)だ」

「でも、聖沢があいつらのリーダーだってのには、説得力がある。というか、ほかにそれらしい候補がいない」

市倉の言葉に、穂積も同意した。

「たしかにな。誰かがよっぽど上手く嘘をついていなければ、そうなる。いちばん怪しかったナンバー3は犬だった」

「聖沢はどうするつもりだと思う? 殴り合いってのは、やっぱり考えづらい。ハルウィンが禁止している」

「難しいところだな。あいつはナンバー5を殴り倒している」

「あのときは向こうが銃を持っていた。それに、暴力で済ませるつもりなら、あいつがここにいるのはおかしい。手下に任せるはずだ」

「なら交渉かい？　でも君のおかげで、彼が提示する金は嘘だとわかった」

「ナンバー1に渡す金が偽物だったように」

「ああ。お手柄だよ、ナンバー7。向こうの言葉は信用できない。採用通知を奪って逃げるのがいちばんだ」

「なんにせよ、正面から乗り込むのが得策だとは思えないな」

「まったく。でもねぇ、向こうだって、俺たちが来たことには気づいている。不意も打てない。

――いや」

スマートフォンで地図を確認していた穂積は、シドの前にしゃがみ込んだ。

「こいつは、使えるかもしれないな」

「シドが？　なにをさせるってんだよ？」

「能力不明のナンバー3。こいつも、地図には表示されている。向こうも警戒するだろ」

「でも犬だぜ？　作戦を聞いてくれるとは思えないな」

「こっちでなんとかするさ。脚本も、キャスティングもな」

じっとシドをみつめて、穂積は笑う。

会話が途切れて、それで「ジ・エンターテイナー」が鳴っているのに気づいた。

※

ささやくように、桜井が言った。

「来た。ナンバー1、2、3。上位三人が揃い踏みね」

彼女と同じく手元のスマートフォンを覗き込んでいた日比野も、頷く。

「ナンバー3。気になるね」

「なにか知ってるの？」

「知らないよ。でも気になるでしょ。全然、情報ないんだもん」

日比野はため息をついて、スマートフォンをテーブルに置く。

「どうするの？　三人みんなと交渉する？」

「私はそうするべきだと思ってるけどね」

桜井は白いカローラに向かって「リーダー、どうする？」と声をかけた。だが、返事はない。

ソラの地図では、三つの数字が倉庫の前で停止していた。彼らはシャッターのすぐ向こうにいる。

日比野はもう一度、ナンバー1のスマートフォンに電話をかけた。だが、やはり話し中だ。

市倉は出ない。電話を切って彼女は言う。

「やばいんじゃない？　向こうはあんた達が、交渉をしようとしてることは知らないでしょ。

無駄にケンカになるかもよ？」

「そうね。こっちから動いた方がいい」

シャッターを開けて、と桜井が指示を出す。直後、重たい音をたてて、シャッターが持ち上がる。そこに立っていたのはふたりだけだった。市倉と穂積。シドの姿はない。

穂積が軽薄な笑みを浮かべて、肩をすくめる。

「おや。もっと劇的な登場シーンを考えていたんだけどね」

桜井が応えた。

「それはごめんなさい。どんな風に登場するつもりだったの？」

「まだ考えている途中だったんだ」

こつん、と足音をたてて、市倉が前に出る。

「無事か？」

日比野が応える。

「一応ね。ナンバー3はどうだった？　あんたのお友達だったわけ？」

「その話は、あとにしよう。なんか優雅だな、ロープでぐるぐる巻きになってるもんだと思ってたよ」

「私も意外だけどね。もしかしたらこの試験、そろそろ終わりかもしんない」

「どうして？」

「だって、残ってる参加者は五人でしょ。そして全員、この場所にいる」

「聖沢はどこだ？」

「その車で寝てるみたい。そっちは？　ナンバー3も来てるんでしょ？」

「シャイな奴なんだ」

日比野は顔をしかめる。

奇妙な状況だ。場は一見、煮詰まっているようにみえる。少なくともソラの地図に表示されている数字はすべて、この場所に集まっている。だがまだ誰ひとりとして、本心をみせていないのではないかという気もした。市倉でさえ、頭から信用する気にはなれない。彼はきっとまだ本当の動機を語っていないはずだ。

桜井の声が聞こえた。

「状況を整理しましょう。私たちの目的は、聖沢巧をハルウィンの社員にすること。今回の件で利益を上げるつもりはないわ。あなた達が協力してくれるなら、充分納得のいく報酬を支払うことを約束する」

この言葉に嘘がないのだとすれば。

——それは、私の目的に似ている。

金ではなく、ハルウィンに入ること自体が目的だとすれば、同じだ。だがその先までまったく同じということはないだろう。聖沢はハルウィンに入って、なにをするつもりなのだろう?

それが問題だ。

日比野は首を傾げる。

「で? ナンバー6はいつまで車の中に引っ込んでるの?」

「彼は交渉に向いた人間ではないから、私が代行するわ」

桜井がそう言った、直後だった。車のドアが開く音が聞こえた。

続いて声。ナンバー6、聖沢巧の声だ。

「そんなこと頼んだ覚えはねぇよ」

ばたん、と音をたてて、カローラのドアが閉る。

彼は笑いかけるように、明るい口調で続ける。

「よう、穂積。約束のタバコだ。ひと箱でいいんだよな?」

穂積は、はっ、と短く息を吐き出す。

「助かるよ。ここで吸っても?」

「いいんじゃねぇか? よく知らない」

「あの警官、君の仲間だったんだって? 言ってくれよ」

「あんたがどうするのかみたかったんだよ。なかなか鮮やかだった」

キィンと、ライターの蓋が開く高い音が聞こえた。タバコをくわえた穂積が、ポケットから
スマートフォンを取り出す。

「まだ試験の終了まで、三時間半ほどあるな」

「早く終わるぶんにはかまわないだろ?」

そう言った聖沢は、カローラの後部座席のドアに背中を預け、腕を組んでいた。

「メンツは揃ってんだ。交渉を始めよう」

と、彼は言った。

※

市倉は小さな咳払いをした。緊張したときにそうするのは、幼いころからの癖だった。

——状況は、悪くない。

少なくとも先ほどまで、穂積と話し合っていた通りではある。だが彼が立てた作戦がすべて上手くいくとは限らない。

誰もが先を譲り合っているような、奇妙な沈黙の中で、最初に口を開いたのは穂積だった。

「そのカローラ、俺がレンタルしてるんだ。鍵を返してもらえるかな？」

「もちろんだよ」

聖沢は「山村（やまむら）」と倉庫の奥に声をかける。彼が雇った連中のひとりの名前なのだろう。返事はすぐに聞こえてきた。

「なんですか？」

「車の鍵はどこだ？」

「ここに」

「穂積に返してやれ」

山村と呼ばれた青年が、穂積に歩み寄る。穂積は鍵を受け取って「確かに」と答えた。彼はタバコの煙を吐き出して、続ける。

「つまり君は、俺たちを買収したいってことでいいんだな?」

「ああ。その通り。金額はこれから決める。交渉する気のない奴はいるか?」

短い沈黙。それから、市倉が言った。

「オレはそれでいいよ。今夜はもう疲れた。値段も、まあいくらだっていい」

日比野もそれに続く。

「私も。元々、お小遣い稼ぎが目的だしね」

聖沢は「よし」とつぶやき、日比野に尋ねる。

「採用通知は?」

「持ってるよ。この、桜井って人がもうちょっと離れてくれたら、テーブルに出してもいい」

「オーケイ。みせてくれ」

桜井がテーブルから離れるのを待ち、日比野は採用通知を取り出した。封筒を開き、テーブルに広げる。

続いて聖沢は、穂積に尋ねる。

「お前はどうする?」

「君とは、約束があったな。ハルウィンから得られる金の半分って話だった」

「買収する人数が増えた。そのままは、難しいかもしれない」

「だろうね。ま、額による。あとは手順だ。頭金もなしってのは、ちょっとね」

「信用できないか?」

「君は嘘をついていた。少なくとも計画のすべてを話していたわけじゃない」

穂積は笑みを浮かべて、ざっと周囲を見渡す。

聖沢が小さな舌打ちをした。

「こいつらは保険だったんだよ。事が予定通りに進まなかったときのためのな」

「その保険には、俺が裏切る可能性も入ってたわけだろ？」

「否定はしない。別にこっちを信じてくれって話をしてるわけでもない。もちろん今、この場で、それなりの額は支払う」

「へぇ、いくら？」

「とりあえず三億、手元にある。今夜中にもう少し用意できる予定だ」

音をたてて、穂積が息を吐き出した。

「三億ってのは、ナンバー1に渡す予定だった金か？」

「ああ。その通りだ」

市倉はまた咳払いをする。

――あの三億は、偽物だった。

聖沢は嘘をついていて、市倉や穂積はそれを知っている。この場が、和(なご)やかな会話だけで終わることはない。

どこか楽しげな口調で穂積が言った。

「あの金は海に沈んだよ」

同じように、余裕を持って聖沢は応える。ふたりの会話は演劇じみて聞こえた。

「おいおい、オレの能力を忘れたのか？」

「もちろん覚えている。アポート。遠くにあるものを、手元に取り寄せる」

「ああ。もう引き上げた」

「本当に？」

穂積はちらりと、スマートフォンを覗く。地図には正常にナンバーが表示されている。位置情報に狂いはないはずだ。彼は続けた。

「気を悪くしないでくれよ？　もちろん、信じてないわけじゃない。でもねぇ、現物をみなければ、納得できない」

「桜井、山村」

聖沢が声をかけると、ふたりが「はい」と返事をした。

「カローラにスーツケースがふたつ入っている。中が濡れていて少し重いが、こいつらにみせてやれ」

足音。それから、スーツケースふたつぶんのキャスターがコンクリートむき出しの床を転がる音。一方のスーツケースは、テーブルの上――採用通知の隣に載せられる。もう一方は、日比野の足元に置かれたようだった。

かちんと音をたてて、テーブルの上のスーツケースが開かれる。

「ケースひとつに一億五千万。ふたつで三億。塩水を気にしないなら、この場で引き渡してもかまわない」

　穂積が頷く。

「なるほど。こっちは四人いる。今夜はひとり七五〇〇万か」

「あくまで頭金だ」

「ああ。君が採用されてからでいい。俺は、あと五億。それで折れる」

「オーケイ。悪いな、ずいぶん買い叩いた」

「いや。契約は、成立でいいな？」

「ああ」

「これで一安心だよ。ところで――」

　穂積はまた、スマートフォンを覗き込んだ。小さな笑い声を上げて、つぶやく。

「俺たちはこれでいいんだけどね。ナンバー3は金じゃ満足しないらしい」

　彼はその画面を聖沢に向ける。つられて日比野が、自身のスマートフォンに視線を落とす。

ソラの地図にはこの倉庫が大きく映し出されている。入口近く、カローラがある位置に聖沢の6番がある。シャッターの前に市倉の1番と穂積の2番。そして奥の、テーブルの位置に日比野の4番。加えて、彼女のすぐ後ろに、3番の文字が表示されていた。

「ナンバー3？　どこだ？」

　聖沢は倉庫の奥を睨む。だがシドの姿はない。日比野も自身の周囲を見回していた。彼女に向かって、市倉は駆け出す。

なんだか楽しげに穂積が続ける。

「ナンバー3は、なかなか感情的な子でね。上手く話ができなかった」

ソラの地図上では、番号の位置が急速に変化していた。市倉は日比野のすぐ隣に立つ。3番は、瞬く間に穂積の隣へ。さらにそこから、シャッターの向こう――倉庫の外へ。

市倉が叫ぶ。

「採用通知がない」

嘘だ。それはまだ、テーブルの上に載っている。だが、市倉の身体が邪魔になり、聖沢からはみえていなかったのだろう。彼はスマートフォンの画面を向ける穂積に詰め寄った。

「ナンバー3は何者だ？　どんな能力を持っている？」

「さぁね。ま、俺はもう試験を降りた。あとは勝手にやってくれ」

くそ、と聖沢が吐き捨てる。

「桜井、ナンバー3を追え。能力は、テレポート。あるいは透明化か？　厄介だが、地図のナンバーを頼りに数で囲め」

彼が指示を出しているあいだに、市倉は日比野に小声でささやく。

「逃げるぞ。車に乗る」

「どういうこと？」

「こいつらは嘘つきだ」

今、起こっていることは、すべて穂積が立てた計画の通りだ。シドはなにもしていない。移動したのはスマートフォンだけだ。シドが首につけていたポーチの中には、ソラがダウンロードされたスマートフォンが入っていた。

倉庫の外に置かれていたナンバー3のスマートフォンが、トレードで穂積の手の中へ。さらにテーブルの上、もう一度穂積の手と経由して、また倉庫の外へ。起こったことはそれだけだ。シドは一歩も倉庫に入っていない。だがスマートフォンが動けば地図上の数字も動く。ほんの短い時間で、謎の「ナンバー3」が倉庫の中を駆けまわったようにみえる。

市倉は日比野の手を引き、カローラの助手席に押し込む。彼自身は運転席へ。鍵はすでに、穂積から受け取っていた。

――俺はいい。ナンバー4だけ連れて逃げろ。

と、穂積は言った。

――あいつらはしばらく、ナンバー3に夢中になるはずだ。俺はナンバー3のスマートフォンを使って、あいつらの行動を操作する。

事態は穂積が告げた通りに進行しているようにみえた。だが。

市倉が叫ぶ。

「鍵が合わない」

すぐに、穂積がカローラに駆け寄った。

「なんだって?」

「これ、違う。車の鍵じゃない」

「どういうことだ？　降りろ。ちょっと貸してみろ」

穂積に言われるままに、市倉はカローラを降りる。彼から鍵を受け取った穂積は、それをみて笑った。

「ああ、悪いね。こっちは俺の事務所の鍵だった」

「どうしてそんな――」

市倉が文句を言おうとした、その時。

「転がりなさい」

と、叫び声が聞こえた。咄嗟には、だれが叫んだのかわからなかった。どうやらその声は、市倉のポケットの中から聞こえたようだ。――本物のナンバー1、加藤仁。

本能的な反射だろう、気がつけば市倉はその場に転がっていた。もう何度も聞いた、ばちんという音がすぐ近くで聞こえた。スタンガン？　遅れて気づく。路地で市倉が取り囲まれていたとき、穂積はあの連中からトレードでスタンガンを奪っていた。

「おや。避けられちゃったね」

笑うような口調で、穂積が言った。

「スマートフォン、貸してもらえるかな？」

「どういう意味だ？」

「君はここでドロップアウトってこと。わかるだろ？」

倉庫の外に出ていた聖沢が叫び声を上げる。

「おい、穂積。なにをしている？」

穂積は小さな舌打ちをした。

「なかなか、満点ってわけにはいかないねぇ」

彼は運転席に乗り込む。すぐにエンジンの音が聞こえ、カローラが走り出した。倉庫から出た直後、ガッと硬い音が聞こえる。カローラのタイヤがシドのスマートフォンを踏み潰したのだ。みれば地図から、3番が消えていた。

※

終わってみれば、納得がいく。

穂積はナンバー3のスマートフォンを利用して、日比野を奪還する計画を立てた。市倉にも協力させて。それは上手くいったが、でも続きがあった。

彼はすべてを独占するつもりだったのだ。市倉を利用し、採用通知を持っているはずの日比野をカローラに乗せた。実際には、採用通知はテーブルに置かれていたが、彼の能力があればそれを手元に引き寄せるなんて簡単だろう。市倉には偽物の鍵を渡し、混乱の最中でスタンガンを使って彼から自由を奪う。ついでにナンバー1のスマートフォンを彼から奪い取る。穂積は採用通知と日比野とナンバー1のスマートフォンを手に入れて倉庫を後にする。加藤が叫び声を上げていなければ、その通りに進行していたはずだ。

コンクリートの上に転がったまま、市倉は「くそ」とつぶやいた。

状況は穂積正幸を中心に進行している。

3　20時35分

「どういうことなんだよ？」

と、助手席の日比野が叫んだ。

穂積はこれまでと変わらない口調で答える。

「俺の一人勝ちってことだよ。今のところはね。タバコ、いいかい？」

「ダメ。降ろしてよ。暴れるよ？」

「残念だ――ああ、タバコのことね。もちろん、助手席で暴れられるのも困る。できればシートベルトを締めて欲しいな」

「ふざけんな。警察に捕まっちゃえ」

「まあ落ち着いて。俺も心細いんだ。友達がいなくなっちゃってね。そこで、どうだろう？　ここからは俺と組まないかい？」

「はあ？　馬鹿なの？」

「どうして？　君は金で採用通知を売るつもりだった。その話はもう流れたが、俺に協力してくれれば充分な金を払う」

日比野は沈黙する。手元のスマートフォンには、あの倉庫がまだ表示されていた。

穂積の話は、確かにまったくの無茶苦茶というわけでもない。取り引きの相手が聖沢から穂積にスライドするだけで、日比野の立場に大きな変化はない。

「協力って？　採用通知を売れって話？」

「いや。それはもう終わった。採用通知は俺が持っている」

穂積は片手でハンドルを操作しながら、もう一方の手で日比野の顔の前に、一枚の用紙を差し出した。それはすぐに引っ込めて、続ける。

「でも君の能力はなかなか優秀だ。それに、もしかしたら市倉くんとの交渉材料になるかもしれない。ずいぶん仲が良さそうだったじゃないか」

そんなことはない。市倉がどれだけ日比野を信用しているのかだって、まだわからない。だがこの状況で、穂積に反抗しても良いことはないだろう。

ため息をついて、日比野は答えた。

「ま、いいけどね。これからどうするつもり？」

「試験終了まで逃げ回る。カローラには充分なガソリンがある。君はとりあえず、隣で雑談につき合っていてくれればいい」

「いくら払えるの？」

「俺がハルウィンに入れたら、分割で三億」

ふてくされたような表情を浮かべて、日比野は頷く。

「悪くないね」

「だろ？　仲良くしよう」

「あくまで、ビジネスとしてね。ところでひとつアドバイスがあるんだけど」

「いいねぇ、友好的で。なに？」

「それ、採用通知じゃない」

ブレーキ音が聞こえた。日比野の上半身が、躓いたように前に揺れた。舌打ちして彼女は続ける。

「桜井だっけ？　あの人が用意してた、契約書だよ。今となっちゃ、なんの意味もない」

「どうして？　俺は、確かに――」

穂積の声をかき消すように、別の声が聞こえた。

「おい、おっさん。ブレーキはゆっくり踏めよ。座席から落っこちるところだったじゃねぇかよ」

ふたりは同時に、後部座席に視線を向ける。そこにいたのは、高橋だった。ナンバー5、高橋登喜彦。彼は大きなあくびをして、言った。

「人が寝てるあいだに、勝手に車を走らせてんじゃねぇよ。オレのスマホはどこだ？　今やってるゲームでイベントがあんだよ」

穂積がため息をついた。

「これ、君がやったの？」

「ん？」

「俺は確かに、採用通知をトレードしたはずだった。こんなくだらないミスはしない。でも今は、別物にすり替わっている」

「へぇ。不思議だな」

「そうでもない。君の能力は、ビジョンだったかな？　偽物の視覚情報を送りつけられるって話だ。あの状況で、能力を使って俺に間違えさせたんなら、ずいぶんクールじゃないか」

「お、なんか褒められてる？　意外と頭良いからな」

「でも、君はもう失格になっている。俺の邪魔をしてなんになる？」

「待て待て、寝起きでそんなに喋らせるなよ。オレの声、なんか変じゃね？」

高橋は二度続けて咳払いをした。それから言った。

「つまり、こういうことだろ。おっさんの一人勝ちじゃ面白くないんだよ。ゲームはまだまだ続くし、そうすりゃオレにもチャンスが生まれる」

「へぇ、チャンスってのは？」

「さあな。あんたがお小遣いをくれるかもしれないってことかな」

――なるほど。

たしかに今夜のゲームにおいて、金を目的にするなら、試験への参加資格はあまり意味を持たない。もし採用通知を手にしているのがすでに資格のない高橋だったとしても、金で売ると提案されたなら穂積や聖沢はそれに乗るだろう。

　穂積は笑う。

「なかなか愉快なことをしてくれるじゃないか。でも、交渉相手は君じゃない。聖沢か、市倉か。向こうの採用通知を持ってる連中だ」

「どうかな。オレ、意外と使える奴よ？」

「たしかに、契約書を採用通知にみせかけたのは見事だった」

「それだけじゃない。これ、みてみな」

　高橋はスマートフォンを掲げてみせる。

「なんだ？」

「ナンバー6のスマートフォン」

　穂積は慌てた様子で、自身のスマートフォンを確認した。ソラの地図には、穂積の2番、日比野の4番と共に、6番が表示されている。

「どうして？」

　穂積のつぶやきに、高橋が笑う。

「さあな。いつの間にか、ポケットに入っていた」

　到底、信じられる話ではない。でもナンバー6のスマートフォンには、注意を払っていなかった。どこかのタイミングで高橋がすり取ったのだろうか。

　穂積がつぶやく。

「なら聖沢も、もう失格か」

試験の参加者は、常にソラを携帯していなければならない。離れてよい距離は五メートルまで。ソラ自身がそう説明している。聖沢がいる倉庫からは、もう一キロほど離れている。

「どうよ？　採用通知の交渉、やりやすくなるんじゃねぇの？」

高橋の声は楽しげだ。

穂積はもう一度、ため息をつく。

「わかった。確かに君は、優秀だ。敵には回したくないな」

助手席の日比野は、ふたりの会話をただ聞いているだけだった。だが、この混沌とした状況を、もっとも正確に把握しているのはきっと日比野だろう。

※

加藤との通話は、すでに切れていた。

市倉はスマートフォンのカメラ機能を使って、自身の顔を確認していた。咄嗟に地面に転がったときに擦（す）ったのだろう。彼の左――いや、右頬には傷痕（きずあと）があった。充電器と一緒にコンビニで買った絆創膏を、そこに貼る。

――いったい、どういうことだ？

加藤の予言は、中途半端に外れた。彼は左頬を怪我すると言った。実際に市倉は頬を怪我したが、それは右側だった。

単純なミスか？　それとも、フォーサイトという能力も絶対ではないということか？　だとすれば付け入る隙があるかもしれない。そもそも加藤の思惑がわからないから、まだ具体的なことは考えようもないけれど。

市倉はカメラ機能を閉じて、ソラの地図を開く。穂積の2番を大きく拡大した。彼のすぐそばに、日比野の4番に加え、6番も表示されている。倉庫から一キロほど離れた地点で、三つのナンバーは動きを止めていた。

その画面をじっとみつめたまま、市倉は白い椅子に腰を下ろす。テーブルの上は雑然としていた。聖沢が交渉に使ったスーツケースがある。ティーポットとカップ、カットされたケーキが載った皿がある。それから、一枚の採用通知。それもまだ、テーブルの上に載ったままだった。

市倉は採用通知を手にとった。直後、目を見開く。顔いっぱいで驚きを表現していた。

彼の手の中で、採用通知が消えて無くなったのだ。同じ現象をみたことがある。試験開始直後、あの海岸で、同じように採用通知が消えた。

——日比野だ。

おおよそ、状況がみえてくる。

あのときテーブルの上には、採用通知と桜井が用意した契約書が載っていた。

穂積はトレードで採用通知を手に入れたつもりだったが、それは高橋の能力により、見た目で、また採用通知のコピーを創っていたのだ。

を変えられた契約書だった。だがその時点で、採用通知の方も偽物だった。日比野がフェイク

内心でつぶやく。

――まったく、混沌とした状況だ。

本物の採用通知は、今も日比野の手元にあるのだろう。だとすれば、現状でもっとも有利なのは穂積だ。だが彼はまだ、採用通知の在り処を知らない。この倉庫にあると思い込んでいる。状況を正確に把握しているのは日比野だが、助手席に乗せられたままではまともに身動きも取れないだろう。心から穂積と手を取り合う気がなければ、どこかでもう一度、彼を出し抜かなければならない。他の参加者は？　誰がなにを考えて行動するのか、まだ読めない。

市倉は、倉庫の入口で桜井と話し込んでいた聖沢に声をかける。

「なあ、ナンバー6」

彼は顔をこちらに向けて、「あ？」と応える。

「どうしてあんたのナンバーが、穂積の方にあるんだ？」

「スマートフォンをカローラに積んだままだった」

「つまらないミスをしたな」

「まったくだよ」

強がっているのだろうか、聖沢は笑みを浮かべている。

「ともかくこれで、オレもだれかにつくしかなくなった」

「いいのか？　目的は、ハルウィンに入ることだったんだろ？」

「ああ、大企業の正社員ってのに憧れてたよ。だが、仕方ない。今夜は金を稼ぐことにする。残っている参加者は、四人か」

市倉は首を振った。

「いや、三人だ。ナンバー2、穂積。ナンバー4、日比野。それからオレ」

「ナンバー3はどうした？」

「番号がない。穂積がスマホを壊したんだろう」

カローラが倉庫から走り出たときだ。タイヤがスマートフォンを踏み潰すのが、はっきりとみえた。市倉は大きな声で「シド」と名を呼んだ。シドは鳴き声を上げて、倉庫の中に駆け込んでくる。

「なんだ、その犬は」

「こいつがナンバー3。能力はまだわからない。少なくとも、瞬間移動でも透明化でもないはずだよ」

シドは市倉の足元で、荒い息を吐いていた。

「状況がわからない。説明しろ」

と聖沢が言う。

「あんたがオレにつくなら教えてやるが――」

市倉は、途中で言葉を切った。彼の手の中で、スマートフォンが鳴り始めたのだ。加藤が登録したものだろう、モニターには「穂積正幸」と表示されている。

市倉は聖沢に、ちょっと待ってくれ、と告げて応答した。

すぐに穂積の声が聞こえてくる。

「さっきはすまなかったね」

と彼は言った。

ゆっくりとした口調で、市倉は応じる。

「まったくだよ。あんたとは仲良くしたかったのに」

「俺も同じ考えだ。今でも変わらないよ」

「都合のいい話だな。日比野に代われ」

「それはできない。うるさくてね、さるぐつわを嚙ませている」

「あいつを解放しろ。話はそれからだ」

「ずいぶん仲がいいね。羨(うらや)ましい限りだ」

違う。採用通知を持っているのは、日比野だ。だがそのことを、穂積に知られるわけにはいかない。

穂積は言った。

「取り引きしよう。こっちが出すのは金だ。欲しいなら、ナンバー4もサービスするよ。そっちが出すのは、もちろん採用通知」

市倉はこの交渉に、乗らないわけにはいかない。だが食いつき過ぎても違和感がある。あくまで市倉の手元に採用通知があると、向こうに信じさせる必要がある。

「いくら出す？」

「いくら欲しい？」

「安くはないよ。こちらには聖沢もいる。あいつは金をばらまいて、人手を集めている」

「だろうね」

「あの連中に守ってもらえれば、このままオレが採用されるかもしれない」

「でも、君は自分のスマートフォンを持っていない。そこはギャンブルだ。俺と組んだ方が、確実だと思わないかい？」

「どうかな。あんたを信じるのも、ギャンブルだ。それにオレがまだ失格になっていないことは、あんたが教えてくれた」

「確信はないさ。仲間にはできるだけポジティブな話をするようにしているんだよ。でもね、ネガティブな話だって、いくらでも思いつく」

市倉は沈黙した。長い沈黙だった。

充分に時間をかけて、ようやく答える。

「即決はできない。三〇分、時間をくれ」

そして相手の言葉を待たず、市倉の方から電話を切る。

誰もが、誰かを騙している。

4　20時50分

通話を切った穂積に、日比野が声をかける。

「どうなりそう？」

穂積はカローラのアクセルを踏み込んで答えた。

「まだわからない。頭から否定されたわけじゃないけどね。向こうは採用通知を持っている。だから、返事を先に延ばしたいのかもしれない」

日比野はちらりと、スマートフォンを確認する。もう一〇分ほどで二一時になろうとしていた。

「試験終了まで、あと三時間ちょっと、か」

小さな日比野のつぶやきを、穂積が否定する。

「最長ならね。でもきっと、もう少し早く終わる」

「え？」

「ルールを聞いていなかったのかい？　日づけが変わる一時間前に、ハルウィンの係員の居場所が公開される。係員に採用通知を渡せば、それでクリア。つまり二三時以降は、いつこのゲームが終わってもおかしくない」

「なるほど。じゃあ、最短で残り二時間」

「向こうは交渉を引っ張れば引っ張るほど、ゴールが近づく。だが一方で、最後の最後で逆転されるリスクもある。聖沢も市倉くんも、俺の能力は知っているからね。係員に採用通知を差し出す瞬間が怖いはずだ」

トレードは横取りに向いた能力だ。市倉たちだってもちろん、そのことを警戒しているだろう。

「あいつがナンバー1じゃないって、知ってたんだね」

「ん？」

「市倉って言った」

ナンバー1の名前は、加藤仁だ。

「たまたまね。試験の開始時、君たちはなにをしたんだ？　君は採用通知を、市倉くんはスマートフォンを、ナンバー1から奪っている」

「秘密。どうでもいいでしょ」

「そうでもない。本物のナンバー1が、少し気になる」

「どうして。あの人はもう失格になってるはずでしょ？」

「そのはずだけどね」

穂積は珍しく言いよどむ。彼も加藤のことを警戒しているのだろう。

――もちろん私も、加藤仁は無視できない。

初めからもっとも気になる参加者だったし、彼の情報だけが、まったくこちらに入ってこない。考えたくもないことだが、加藤はこちらの計画をすべて見通している可能性さえある。

計画。それは今のところ、順調に進んでいる。ひっそりと、だが着実に進行している。時計の針が回るごとに勝利が近づいている。少なくとも穂積や聖沢が、こちらの仕掛けに気づいている様子はない。

——このままいけば、私が勝つ。

そのはずだ。けれど、加藤だけが怖い。試験が始まる前から用意してきた仕掛けを、あの男だけがかいくぐっている。

日比野は言った。

「市倉たちは、交渉に乗ってくるかな？」

「彼だけなら可能性は高そうだ。問題は、向こうには聖沢もいることだね。あいつが主導権を握っているなら、ちょっとわからなくなる」

「大勢、手下がいるみたいだからね」

「それもある。強気に出てもおかしくない」

とはいえ実際は、穂積の考えよりもずっと、市倉たちは交渉に乗り気だろう。

だって採用通知を持っているのは、彼らではないのだから。逃げ切ってお終いというわけにはいかない。すべてを知っている日比野は小さなため息をついた。

今となってはもう、最初の口約束を守って市倉に味方するというのは、日比野にとって魅力的な選択肢だとは思えなかった。考えるべきなのは、やはり聖沢だ。彼個人というよりも、桜井をはじめとした協力者たちに価値がある。数は強い。

——なら、問題になるのは、市倉と聖沢の同盟だ。

それはどこまで強固なものだろう？　聖沢自身は高橋にスマートフォンを奪われたことで、ソラが語るルールではすでに「失格」になっている。だから仲間を合格させるように動くしかない。今、その立場にいるのが、市倉だ。一方で市倉には弱点がある。彼が持っているスマートフォンはあくまでナンバー1のものであり、ルール上、他者のソラを携帯していても許容されるのかは明言されていない。

聖沢が確実に勝ち馬に乗ろうとするならば、やはり彼が押し上げるのは、市倉よりも穂積ではないかという気がした。つまり元の鞘に納まるということだ。ふたりは初め、自分たちでこの試験を勝ち残り、儲けを折半するつもりだったはずだ。ナンバー1から三億で採用通知を買って。その採用通知の取引先が、ナンバー1から日比野にスライドしただけともいえる。

日比野は尋ねる。

「聖沢は、もうあんたと手を組むつもりはないのかな？」

「あるかもしれないし、ないかもしれない。それは俺が決めることじゃない」

「どうして？」

「選択権は、聖沢の方にある」

なるほど、その通りだ。

生き残っている参加者の中で、穂積に対立する立場にいるのは市倉だけだ。そして今、聖沢は市倉と共にいる。聖沢が穂積につこうと考えるなら、市倉を拘束するか、スマートフォンを破壊するか。ともかく市倉を失格にしてしまえばいい。屈強な肉体を持ち、大勢の手下がいる聖沢にとっては、難しいことではないだろう。

穂積は言った。

「実のところ、向こうが素直に交渉に乗ってくる、というのが、いちばん可能性が低い。俺と君、それから、聖沢と市倉くん。この四人みんなで勝利を分かち合う理由はない。聖沢の立場なら、市倉くんは簡単に切れる。三人の方がもちろん得だ」

「なるほどね」

つまらなそうに、日比野はつぶやく。

まったく同じ発想で、日比野まで切り捨てられる可能性も高い。

――ま、どうなろうと、私の計画に支障はないけれど。

まるで他人事のように、日比野は言った。

「それでも向こうが交渉に乗ってきたら、どうするわけ？」

「俺は拒否しないよ。取り引きに応じる」

「どう取り引きするつもりなの？」

「それが難しい。俺たちからみれば、向こうが本物の採用通知を差し出すかわからない。向こうにしてみれば、金の話に実体がない。加えて、こっちの能力はすべて、イカサマに向いている」

たしかに。日比野のフェイク。穂積のトレード。高橋のビジョン。どれであれ、取引相手が持っていたなら安心できない能力だろう。

「でもさ、本当に怖いのは、あの聖沢って人の能力じゃない？」

アポート。遠方にあるものを、取り寄せる能力。

初めて参加者たちの能力を知ったときから、引っかかっていた。聖沢の能力は、今夜の試験に有利すぎる。途中の展開なんて関係なく、アポートで採用通知を取り寄せてしまえば、彼の勝ちなのだから。

穂積は笑う。

「あいつは本当に、能力者なのかな」

「え？」

「はっきり能力者だと確定しているのは、俺と君、それから後ろの高橋。この三人だけだ。あとはまだわからない。少なくとも聖沢は、俺の前では一度も能力を使わなかった」

「でも、海に沈んだ三億円を引っ張り上げたんでしょ？」

「あれだけ仲間がいたんだ。別口で用意させたのかもしれない。初めからおかしいと思っていたんだ。アポートなんて能力があるなら、そもそもナンバー1に三億も渡す理由がない」

穂積の話には、一定の説得力があった。聖沢は能力を持たないのにこの試験に参加し、それを補うために大勢の協力者を用意したのかもしれない。

これまでつまらなそうにスマートフォンをいじっていた、後部座席の高橋が口を開く。

「つってもよ、頭からないって決めてかかるのも危ないだろ。もしかしたらなにか、別の理由があるのかもしれないぜ？」

ちょうど信号で、カローラが停車する。穂積は首を回し、後部座席の高橋をみた。

「別の理由？」

「アポートって能力が本物でも、なんでも自由に取り寄せられるわけじゃないだろ。たとえば月を地球に持ってこられると思うか？　おっさんのトレードでも、月と地球は入れ替えられないんじゃないの？」

「その通りだね」

穂積の能力の詳細は、読み解けつつあった。彼がトレードできるのは、おそらく片手で持てる程度のサイズのものまで。それに交換するものが彼自身から視認できていなければならない。少なくともこれまでは例外なくこの条件に当てはまっていた。

得意げに高橋は言う。

「たとえば、こうだ。聖沢のアポートは、一度触れたものにしか使えない」

「なるほど。それなら採用通知を取り寄せられないのには、納得がいく」

「だとすれば話が変わってくるんじゃねぇか？　あいつが一度でも採用通知に触っていたら、もうアウトだろ。取り引きしても、あとで採用通知を取り戻されてお終いだ」

ただの当てずっぽうだ。高橋の言葉に説得力はない。でも一方で、まったく無視することもできない。

信号が青になり、カローラがまた走り出す。穂積が言った。

「どうやら大枠じゃ、向こうが選ぶ展開は二通りみたいだね。ひとつ目は、聖沢が市倉くんを裏切ってこっちにつく。俺たちにとってはいちばん平和的だ。ふたつ目は、聖沢がなんとか市倉くんを採用させようとする。ギャンブルだが、こっちの方が聖沢の利益は大きい。向こうが交渉に乗ってくるなら、ふたつ目だ」

日比野が尋ねる。

「どうして？　市倉を勝たせるなら、わざわざ私たちに会う理由なくない？」

答えたのは、高橋だ。

「ここまでくりゃ、落とし合いなんだよ。向こうは採用通知を係員に提出するとき、隙が生まれるんだ。どうすればその隙を消せるのか？　決まってる。推したい参加者以外を、その前に排除すればいい」

穂積が補足する。

「試験の生き残りはたった三人だよ。俺、君、市倉くん。向こうからみれば、俺と君のスマートフォンを壊せれば、市倉くんの勝利が確定する」

スマートフォンを覗き込んだまま、高橋がにやりと笑った。

「そして同じことを考えたとき、向こうよりもこっちが有利だ。そうだろ？　オレたちが突き落とすのは、市倉って奴ひとりでいい。向こうが取り引きに乗ってきたなら、あいつのスマートフォンを狙おうぜ」

　なるほど、わかりやすい話だ。

　市倉が失格になれば、聖沢はもう手詰まりになる。

　穂積が言った。

「ナンバー4、君はどう思う？」

　市倉と穂積。そのふたりを脳内で比べる。

　――どちらが勝っても、かまわない。

　計画に支障はないはずだ。だが、より良いのは穂積だ。彼へは事前に、布石を打っている。それにもし市倉が生き残ったなら、彼は最後の最後に、こちらの仕掛けに気づくはずだ。説得できるかもしれないが、不確定要素は少ない方がいい。

「いいんじゃない？　市倉のスマホを壊そう」

　あっさりとした口調でそう言って、日比野は微笑む。

「ところで、私はそこそこあいつに信用されてる自信がある。もし取り引きってことになったら、やらせてもらえないかな？」

　市倉は、日比野が裏切ることを想定しているだろうか。

　難しいところだ。彼は間違いなく善人だろう。けれど出会ってまだほんの数時間の人間を、頭から信じられるだろうか。

　だって、ほら、現に日比野は、彼を裏切ろうとしている。

※

穂積との電話を終えた市倉はスマートフォンを手元に置き、テーブルの上を指さす。

「このケーキ、食ってもいいか？」

聖沢が答えた。

「好きにしろ。ずいぶんな余裕だな」

「頭も身体も使いすぎた。へとへとなんだよ。食って、寝る。三〇分で起こしてくれ」

「どうしてオレが――」

「お前がまだ穂積と手を組むつもりなら、寝ているあいだにオレのスマートフォンを壊せばいい。オレと手を組むつもりなら、言うことを聞いてくれ。少し休まなきゃ動けない」

市倉は本当に、ケーキを食べ始めた。口の端にクリームがついたが、そのままフォークを動かし続ける。

「味はどう？」

と桜井が尋ねた。

「無茶苦茶美味（うま）い。これ、高いだろ」

「ええ。だからもう少し、味わって食べて欲しいんだけど」

「なんだかとても眠いんだよ。あんたらの手下がスタンガンなんか使うせいだ。体力を奪われた」

市倉はショートケーキをひとつ食べ終えて、ティーカップに残っていた紅茶を勢いよく飲んだ。彼の向かいで、椅子が引かれる音がする。聖沢が言った。

「状況がわからねぇ。説明してくれ」

「オレにつくってことでいいのか？」

「穂積よりはまだ、信用できる」

この言葉は本心だろうか？　確かめようもないが、聖沢がギャンブルを好むなら、穂積よりも市倉を取る可能性がなくはない。

「なら、頼みがある」

「なんだ？」

「シドを入れられるキャリーケースを用意しておいてくれ」

名前を呼ばれたからだろう、シドが嬉しげに吠える。

「そんな犬、置いていけよ」

「ただの犬が最終試験に残ったとは思えない。なにか役に立つかもしれない」

聖沢は、つまらなそうに舌打ちした。

「桜井」

間を置かずに、彼女が答えた。

「探してみるわ。もうペットショップも閉ってるでしょうけどね」

「駅の西側にドン・キホーテがある。そこにならあるかもしれない」

市倉は気だるげに頬杖をついていた。頭上で、電灯が白く光を放っている。

「もうひとつ。採用通知のダミーを用意して欲しい」

桜井が尋ねる。

「本物は？」

「おそらく日比野が持っている。でも、穂積はそれに気づいていない。穂積に気づかれないまま、日比野を取り返せればオレたちの勝ちだ」

聖沢が口を挟む。

「ダミーの可能性は向こうも考える。騙すのは簡単じゃない」

「なにもないよりはましだ」

「三〇分ちょうだい。できるだけ再現してみる。でも、ちらっとみただけだから、まったくそっくりってわけにはいかないわよ？　発信機も機能しない」

「それでいい」

頬杖をついたまま市倉が頷くと、彼女は硬い足音をたてて歩み去った。

市倉はスマートフォンを手に取る。穂積たちが移動し始めたのだ。明確な目的地もないだろうが、聖沢の手下たちを警戒したのかもしれない。

テーブルの向かいから、聖沢が言う。

「ナンバー4が、すでにお前を裏切っている可能性もある。だとすれば、もう穂積が採用通知を買い取っているかもしれねぇ」

「なら交渉の電話をかけてくる理由がない」

「いや。オレが穂積なら、お前のスマートフォンを壊そうとする」

「かもな。でも、取り引きに乗らないわけにはいかない」

「難しい状況だ。ナンバー4とだけ、連絡を取れないか？」

「そういや、連絡先は交換していなかったな。できたとして、どうする？」

聖沢が、スーツケースを叩いた。

「まずこの金で、ナンバー4をこちらにつける。現状で穂積がナンバー4を取り込んでいたとしても、口約束しかできないはずだ。現金の方が説得力がある」

「偽札で？　上手くいくかな」

「偽札？」

笑い声が聞こえた。楽しげに、聖沢が笑っている。

彼はスーツケースの中から、無造作に札束のひとつをつかみ上げ、市倉の手元に放り投げた。

「そんなだせぇことするかよ。本物だ。きっちり、三億ある」

市倉はその札束を手に取り、湿ってくっついたそれを注意深く確認する。

――どういうことだ？

聖沢が用意した金は、偽物ではなかった？　なにが起こっているんだ？

市倉はため息をついた。

「とにかく、少し眠る。三〇分で起こしてくれ」

4話
物語は舞台裏で決まる

21：00〜

「超能力者に会ったことがあるんです」
奇妙な採用の真相を、ハルウィンCEO 相原愛歩(あいはらまなぶ)氏に訊く

——採用条件はただひとつ、超能力者であること。
　なぜこんな求人を出すことにしたのか、理由を教えてください。

競合相手がいないからです。超能力者を雇った企業というのは、聞いたことがない。敵がいないところで戦う方が楽です。

——超能力者はビジネスになる、ということですか？

なりますよ。どう使うのかは知りません。でも本物の超能力者を与えられて、ヒットするコンテンツを作れない企画屋は二流でさえない。
僕の仕事はもっと土台の部分で、「超能力者はハルウィンに入ると得をする」という構造を作れば、あとは勝手に進んでいきます。

——本物の超能力者が実在する、とお考えですか？

いるんじゃないかな。会ったことがあるんです。
中学生だったから、30年くらい前。デパートの屋上で手品をみて、どうしてもタネがわからなかった。今でもわからないし、論理的に考えて不可能だと思っています。だから、あのマジシャンは超能力者だった。

——とても上手な手品師だった、とは考えられませんか？

可能性はある。でもどちらがより現実的か、という話です。
手品は、みれば方法がわかります。結果が明らかですから。すでに誰かが解いている数式を解答つきで提示されるようなものです。

——今回の試験に、相原さんはどれくらい関わっているんですか？

（超能力者を）雇ってよと言っただけです。
他は任せています。

——超能力者に会うのが夢だ、と以前も語られていますね。

そんなことは言っていません。変に発言が編集されてるんじゃないかな。よくある。
超能力者は過程のひとつです。僕の夢はずっと先にあります。

1 21時15分

ハンバーガーにかみついて、高橋はご満悦だ。

「最高だよな、ファストフード。本当の料理ってのはこういうのなんだよ。高級食材の味を生かした、なんてのは料理人の怠慢だろ。元々美味いもんは原始時代に食っても美味いんだ。かすかすのバンズとくずみたいな肉をケチャップで強引に食う、これこそ文化的な食事だ」

穂積は「ああ、まったくだ」と同意した。だが彼がドライブスルーで購入したのは、ホットコーヒー一杯だけだ。カローラはすでに道端に停めているため、運転中で食事ができないということもない。そろそろとコーヒーを飲みながら、穂積は助手席の日比野に尋ねる。

「市倉くんから連絡は？」

「ないよ。みればわかるでしょ」

「俺の予想じゃ、真っ先に君に連絡を取ってくるんじゃないかと思ったんだけどね」

「そんなに心配もしてないんじゃない？」

「どうかな。君のことを、気にしていたのは間違いない」

市倉は、まだ倉庫から移動していない。聖沢はどうだろう？　彼はすでにスマートフォンを失ったから、ここからでは確認のしようがない。もちろん彼の手下たちもだ。

スマートフォンの画面を眺めながら、穂積は軽い口調で言った。

「万全を期すなら、君のスマートフォンも壊しちゃいたいんだけどね。ほら、俺たちが仲良しだってばれると困るだろ？」

「絶対、嫌。このスマホ、二年契約でまだ半年しか使ってないもん」

「上手くいったら最新機種をプレゼントするよ？」

「これがいいの。ずっと育ててるクラゲのアプリもあるし、データ消えるのやだ」

「そ。ところで、タバコ吸っていい？」

「だめ。吸うなら外でてよ」

「これ、俺がレンタルしたんだけどね」

文句をこぼしながらも、穂積は素直にカローラを降りた。市倉から連絡があるのは、まだもうしばらくあとだろう。あるいは聖沢の手下たちが、穂積の元にやってくる方が先かもしれない。相手のスマートフォンを壊せば勝ちだと考えているのは、どちらも同じはずだ。

穂積は軽く目を閉じて、煙を吐き出した。

だれもがそうであるように、彼もまた、秘密を抱えている。

※

穂積正幸が探偵だ、というのは、真実だ。

彼の事務所は東京都内の雑居ビルの三階にある。ほんの狭い敷地面積に強引に建てられたのだろう、ひょろりとした印象のビルだった。一階には不動産賃貸業者が、二階には消費者金融が入っている。路面からはそのふたつの看板ばかりが目立つ。穂積探偵事務所は三階の窓に名前がペイントされているだけだった。それと知って見上げなければ、目に入らないだろう。

入口に郵便受けがある、暗くて急な階段は、よく足音が響いた。狭苦しい両側の壁が音を弾くのだろうという気がした。そこを上るハイヒールの足音は、間延びしたノックのようにも聞こえた。最終試験の二週間ほど前——ハルウィンの面接があった、三日後のことだ。穂積は磨りガラスがはまったドアを内側から開き、笑顔で応接用のソファを指した。

「お待ちしていましたよ。どうぞ」

事務所はワンルームだが、片脇に簡易キッチンがあり、ずいぶん年季の入ったサイフォンが置かれている。彼はそれでふたり分のコーヒーを淹れながら、言った。

「ご用件は、電話ではお聞きしていませんでしたね」

「ええ。あまり公にはできない内容ですから」

「貴女のような方からの依頼は、たいてい次のみっつです。ひとつ、恋人の浮気調査。ふたつ、ストーカー被害に関する調査。みっつ、家族の失踪に関する調査。大半がこのうちのどれか。婚約者の身元調査というのもあるけれど、これは本人よりも、ご家族がいらっしゃる場合が多い」

だが、依頼内容は彼が並べたうちのどれでもなかった。恋人もストーカーも家族も関係のないものだった。

「私がここにきたのは、個人的な依頼のためではありません。これを」

穂積はコーヒーカップふたつをテーブルに運び、代わりに名刺を受け取る。ソファに腰を下ろし、わずかに顎をひいてそれをみつめた。

「株式会社ブルーウォーカー、特殊人材研究所」

「ご存じですか?」

「ブルーウォーカーは、もちろん知っていますよ。ハルウィンの子会社だ。業務内容はたしか市場分析とデータ管理、解析ソフトの開発」

「ハルウィンの検索エンジンやSNS、無償で提供しているアプリケーションなどで蓄積された、いわゆるビッグデータを扱うための会社です。ハルウィンの収入の柱はweb広告ですから、それの効率を上げるための会社、とお考えください。加えて、人材派遣会社をサポートするデータの収集なども業務内容です」

「特殊人材研究所というのは、そちらですか?」

「書類上は。ですが実態は、まったく別ものです。私共の業務内容は、宇宙人、未確認生物、および超能力者の捜索と勧誘となっております」

穂積は目を見開き、これみよがしに驚いた表情を浮かべる。

「ずいぶん夢に溢れたお仕事のようですね」

「でも、X-ファイルのようにはいきません。デスクワークばかりですよ。ハルウィンが持つすべてのデータから、超常現象が関わっていそうなものを探し続けるんです。気が遠くなりますが、最近は少しだけ、モニターの前から離れられる仕事も」

「採用試験？」

「ええ。ハルウィンの主催ということになっておりますが、内容はすべて弊社で請け負っております」

「あのときの面接官も、貴女の会社の方々ですか？」

「一名は弊社の者が。残りの二名は、ハルウィン本社からです」

「へぇ。気になっていたんです。肩書きを聞いても、わけがわからなくてね」

「それは失礼いたしました。改めまして、試験へのご参加、ありがとうございます。貴方は七名の、最終試験への参加者のひとりに選ばれました。おめでとうございます」

穂積はしばらく、沈黙した。

コーヒーに口をつけて、息を吐き出して、それから言った。

「ありがとう。合格の連絡は、メールか手紙で届くものだと思っていましたよ」

「他の参加者はそうなります。貴方にも同じものが届く予定ですが、それはまだ三日ほどあとになるでしょう」

「じゃあどうして、俺にだけは会いにきてくれたんだろう？」

「端的に申し上げまして、弊社は最終試験の実施は不要だと考えています」

「弊社というのは、ブルーウォーカー？」

「ええ。ハルウィンではなく、ブルーウォーカー。貴方は本物です。本物の超能力者です。弊社は貴方が採用されることを望んでいます。そして本音では、余計な問題が起こり得る最終試験なんか中止にしてしまいたいのです。だって非効率的でしょう?」

「俺としても、そうしてもらえると嬉しいね。実は最終試験のために、デートをひとつキャンセルしないといけない」

「ですがハルウィンの考えは、そうではありません」

「俺をまだ疑っている?」

「トレードは面接官全員に大きな衝撃を与えました。ですが、なんらかのトリックで再現可能なのではないか、と考える者もいます」

「マジシャンの連中のせいだ。女の子の前で披露しても、すぐにタネを教えろと言われてね。困ってるんですよ」

「それはご愁傷さまです」

感情のこもっていない言葉に、穂積は表情を崩す。

「つまり、俺も君も望んでいないのに、試験は予定通りに行われるわけだ」

「そういうことになります。すでに試験の日程は公開していますので、よほどの理由がない限り、中止にはできません。うちのような企業が――この場合はハルウィンですが、予定していたスケジュールを変更すると、多くのバッシングを受けることになります」

「そりゃ残念だ」

「ですが本物の超能力者が参加するような試験を執り行うのは、リスクが大きすぎます。怪我人が出れば、弊社の責任になります」

穂積は首を傾げてみせる。

「まるで本物は参加しない方がよかったような口ぶりだね」

「そうではありませんが、シミュレーションしきれません」

彼はコーヒーカップをゆっくりと持ち上げて、口をつけた。息を吐いて、またゆっくりとカップをソーサーに戻して、言った。

「で？　貴女がうちに来た理由は？」

「お願いがあります。穂積さんには、平穏に最終試験を終わらせるお手伝いをしていただきたいのです。危険なことが起こりそうになれば、こちらから連絡いたしますので、解決して欲しい。優れた能力者で、しかも探偵でもある貴方がうってつけなのです」

穂積は顎に手を当て、しばし考え込んだ。あるいは、考え込むふりをした。

「気乗りしない依頼だ」

「どうして？」

「ほら、やっぱり年収八〇〇〇万は魅力だからね。やるからには俺も、採用を目指すよ。周りにかまっている暇(ひま)はない」

至極当然だ。

試験の運営側に回るというのは、よほど報酬が高額でない限り、穂積にメリットは薄い話だ。

でも。

「依頼内容は、貴方が試験に合格することも含まれます」

その言葉で、穂積は目を細めた。

「どういうことだい？」

「最終的に貴方が勝ち残るのが、もっともトラブルが少ないと私共は考えています。ですからお受けいただけるなら、貴方をサポートいたします」

「へぇ。興味深いね、どんなサポートをしてくれるの？」

「まずはこの場で、試験内容の詳細と、一部の参加者の情報をお渡しいたします。私たちが手を取り合えれば、貴方が勝ち残る確率がずいぶん高まると思いませんか？」

「もちろん、とても心強い」

穂積は一度、言葉を切った。

それから許可を取ってタバコに火をつけた。煙を吐き出して、続ける。

「参加者の情報。どうして、一部だけなんだろう？」

「まだ試験通過者が決まっていないからです。最終試験には七名が参加する予定ですが、現状で確実に通ると言えるのは三名だけです。ひとりは貴方。あとの二名は、ここに」

「読ませてもらっても？」

「お受けいただけるのでしたら」

「オーケイ。できるだけ、ご期待に添えるようにしよう」

穂積はプリント用紙を受け取る。

そこに書かれていたのは、ナンバー6、聖沢巧。そしてナンバー1、加藤仁のデータだった。

彼はそれにざっと目を通し、眉を寄せる。

「顔写真がないな」

「ハルウィンは履歴書に写真を求めません。誤った第一印象を排除するためです」

「ま、それはいい。もっと気になることがある」

「なんでしょう？」

「加藤仁の経歴。――ブルーウォーカー特殊人材研究所、元所長」

「ええ、二週間ほど前まで、私の上司だった人物です」

穂積はプリント用紙を、テーブルに置いた。

「反則だ」

「いいえ。今回の採用試験に、ハルウィンは一切の制限を設けておりません。社内の人間にも応募資格はあります」

「そうは言ってもね、これで公平な試験ができるのかい？」

「正直に申し上げて、難しいですね。面接に残った時点で加藤から退職願が提出され、弊社も承諾しています。ですがそもそもこの試験を企画したのが加藤ですから、公平とは言い難い状況です」

「今回の試験で採用されるのがハルウィンの子会社の人間だなんてことになったら、問題じゃないかい?」

「まったくです。だから、平穏に最終試験を終わらせるためには、貴方に勝ち残っていただくのがいちばんです。間違っても加藤に勝たせるわけにはいきません」

「馬鹿げてるな。初めから参加を禁止すればよかった」

穂積は顔をしかめる。

「そもそも、この加藤って人は、どうして試験に参加するんだい?」

「考えられる理由のひとつは、昇給です。年収八〇〇〇万は、現在の彼の年収を上回っていますから」

「なるほど。他には?」

「わかりません。ですが、加藤にはよくない噂があります」

「へぇ、面白いね。どんな?」

「ブルーウォーカーはまだ、超能力者を発見しておりません。少なくとも私は、そう認識しています。ですが、加藤はすでに超能力者をみつけだし、その研究を開始している可能性があります」

「馬鹿げた噂だ」

「一般的に考えれば。でも、本物の超能力者の貴方でしたら、まったくあり得ない話ではないとおわかりいただけるかと思います」

穂積は頷く。

「もし加藤が超能力者の研究を進めていたとして、君の会社内でもそのことが秘匿されているってわけかい？」

「はい。極めて上――ハルウィンの上層部と、加藤のあいだだけで話を進めている、ということもあり得ます」

「秘密にする理由は？」

「倫理的に問題がある研究が行われているから」

それは都市伝説的に、ハルウィンにつきまとう噂だった。たとえばこうだ。――ハルウィン本社の地下には巨大な研究施設があり、何人もの超能力者が捕らえられていて、そのクローンが作られようとしている。もちろん一般常識に照らしあわせれば、馬鹿げた話だ。今回の採用試験は、こういった噂を受けたハルウィンのジョーク企画だと世間には認識されている。

「ネットの片隅で埃(ほこり)を被っているような噂話が、真実だって君は言うのかい？」

「確証はありません。ですが、間接的な証拠もあります」

「へぇ、救助を求めるテレパシーでも受け取ったのかな？」

「加藤の周辺で、不審な金の動きがあります。この五年ほどで一〇〇億を超える金額が、業務の不透明な会社に振り込まれて消えています」

いかにも怪しい話だ。ハルウィンの噂だけであれば、ただの都市伝説として片づけることもできる。だが今回の採用試験と、不審な金の動きと、加藤仁という参加者と。これらがすべて繋がるなら、なにか裏があるのだろう。

「ひとつ、確認しておきたいんだけどね」

と、穂積は言った。

「加藤仁は、本物の超能力者なのかい？」

「わかりません。正確なデータはありません。少なくとも彼は、超能力者として弊社に採用されたわけではありません」

穂積はまた黙考し、それから頷く。

「わかったよ。加藤のことは、とくに注意しよう」

それから彼は、加藤についていくつかの質問をした。彼も面接には参加していたのか？　加藤の顔を確認することは可能か？　採用試験に関して加藤が情報を収集するとすれば、どんな行動が考えられるか？　社内に、加藤の協力者になり得る人物はいるのか？

そのおよそ一週間後、穂積正幸は聖沢巧と連絡を取った。

彼と手を組み、加藤仁から採用通知を買い取る交渉を開始した。

※

穂積はカローラにもたれかかり、タバコをふかしながらスマートフォンのモニターに表示されたナンバー１の電話番号をじっとみつめていた。

——加藤仁の狙いは、なんだろう？

そもそも彼がこの試験に参加した理由さえはっきりしない。加藤の存在は気味が悪い。警戒を怠るわけにはいかない。採用通知の行方よりもむしろ、そのことが気になる。

タバコを吸い終えた穂積は、スマートフォンをポケットにしまって、カローラのドアを開ける。

「聖沢の手下が怖い。少し走ろう」

と、彼は言った。

九時二〇分を数分過ぎたころだ。小さなスピーカーからはまた「ジ・エンターテイナー」が流れていた。

カローラが走り出す。

2　21時30分

何度か、椅子が動く音が聞こえたような気がする。

「おい。そろそろ起きろ」

と、聖沢が言った。

時計を確認する。市倉が眠ると告げてから、ちょうど三〇分ほど経っている。市倉はテーブルの上のスマートフォンを手に取り、そのまま大きく伸びをした。

桜井の声が聞こえる。

「言われたもの、買ってきたわよ」

市倉は「ありがとう」と応えた。

聖沢が彼に声をかける。

「これからどうする?」

「そっちは? あんたの手下が穂積たちを捕まえてくれれば、いちばん手っ取り早い」

「追わせているが、上手くいかない」

「どうして?」

「向こうに高橋がいる。あいつが厄介だ」

「ああ、なるほど」

ナンバー5、高橋登喜彦。能力はビジョン——相手に幻覚をみせる能力者。逃亡には有利な能力だろう。

「仕方ないな。穂積と取り引きしよう」

市倉はソラの地図を確認する。2番は4番、6番と共に、駅の北側を西へと移動している。車で走り回っているのだ。

聖沢が、向かいの席に座る。

「整理しよう。オレたちの目的は採用通知を手に入れることだ。あとはどうでもいい」

「ああ。そのために、日比野を取り返す」

「だが、あからさまにナンバー4を返せというわけにはいかない。怪しまれる。オレたちは採用通知を持っていて、それを穂積に売りつけるふりをする必要がある。ナンバー4は、あくまでついでだ」

「考えがある。穂積はおそらく、金を持っていない。ハルウィンから得られる収入の一部をこっちに回すって話になるんだと思う。つまり今夜は口約束だ」

市倉の言葉に、聖沢が頷く。

「当然、信用できないな」

「そこであいつに、別のものを差し出させる」

「金では採用通知は売らないってことか?」

「違う。あいつが確実にこっちに金を回すようにする。わかるか?」

市倉が尋ねると、聖沢はしばらく考え込んだ。

それから笑う。

「脅迫の材料?」

「その通り。あいつにオレを殴らせて、その場面を撮影する」

ハルウィンは試験中の出来事で法的に裁かれた者の採用を取り消す。試験期間中に、穂積が傷害事件を起こした証拠があれば、穂積は市倉たちとの約束を反故(ほご)にはできない。

聖沢が首を傾げる。

「だが、それではナンバー4が手に入らない」

「彼女の解放も要求する。ついでにな」

「言い方に気をつけろ。そっちが本命だと勘づかれると面倒だ」

「ああ。そこで動画の撮影は、日比野のスマートフォンでやらせる。あいつは自分のスマートフォンから離れたがらないはずだ。だから、日比野ごとこっちに来るのは自然だ」

「いや。それは違和感がある。オレたちのスマートフォンで撮影しない理由がない」

「こっちになくても、向こうにはある。手順はこうだ。まず、動画の撮影。次に採用通知との交換。この順序は譲らない。でもオレのスマートフォンで撮影してしまえば、こちらは交換に応じる理由がなくなる。すぐに警察に駆け込めば穂積をリタイアさせられる」

　市倉は淡々と告げる。もうすでに決定した事柄を伝えているようだった。聖沢の方は、その言葉に押されたのだろうか、小さなうめき声を上げる。

「なるほど。あくまでフェアな取り引きのために、日比野を使う提案をするわけか」

「対案はあるか?」

「いや、ない。それでいこう」

　首を振って、聖沢は笑った。

「お前は面白いな」

「ん?」

「いつの間に考えた? そんな暇があったとは思えない。お前はただの大学生にしかみえないのに、時たま妙にきれる。オレたちにも捕まえられなかったし、今回の計画も適確だ」

「必死なだけだよ」

市倉はつまらなそうに言って、スマートフォンを操作した。

「穂積に連絡を取る。取り引きは二二時だ。問題は？」

「ない。最後に、金だ」

「いくら要求したい？」

「オレは、五億ってとこだ」

「わかった。それで交渉しよう」

そういうことになった。

※

「オーケイだよ。それでいい」

と、穂積は答えた。

白いカローラの中だ。今は、彼は助手席に座っていた。運転しているのは高橋だ。電話を受けるタイミングで聖沢の手下たちに囲まれる可能性を警戒したのだ。

続けて穂積は尋ねる。

「場所は？」

「オレたちがいる倉庫の前だ」

「さすがに怖い。もう少し、見晴らしのいいところにしたい。倉庫で待っていてくれ。取り引きの五分前に、改めて連絡する」

市倉はしばらく沈黙する。聖沢と話し合っている様子はなかった。

「わかった。それでいい」

と、やがて彼は答えた。

「じゃあ、二二時に」

穂積がそう告げると、彼は慌てた様子で言った。

「待て、もうひとつ。そっちの能力が怖い」

「だろうね。それで？」

「取り引きには日比野だけを出してくれ」

無茶な要求だ。穂積は笑う。

「乗れるわけがない」

市倉にもわかっていたのだろう。動じずに彼は続ける。

「だろうな。なら、せめて高橋は同行させないでくれ」

「そっちは？　だれが会いに来てくれるんだい？」

「オレと聖沢。ほかは連れていかない」

「まだ不平等だねぇ。ナンバー4は君の味方だろ？　なら、実質三対一だ」

市倉は、日比野が穂積側についたことをまだ知らない。想像できても確信は持てないだろう。

「こっちもひとりに絞れってのか?」

「いや」

穂積はスマートフォンを持った左腕の肘を、車の窓枠に置く。窓の向こうには線路の高架がみえた。駅から二キロほど離れていて、店は少ない。

「三対一でいい。代わりに、ひとつサービスしてくれ」

「なんだ?」

「君が持っている、ナンバー1のスマートフォン。それが欲しい」

市倉は迷わなかった。

「わかった」

「いいのかい?」

「取り引きが成立すれば、オレには必要がなくなるものだ」

想定していた? なんとなく、そんな印象だ。

じゃあなと市倉が言う。

穂積は彼を呼び止める。

「待って、もうひとつ」

「これ以上はサービスできない」

「取り引きのことじゃない。どうしても気になってね。誠実な嘘ってのは、なんだい?」

誠実な嘘。それは、市倉が口にした言葉だ。穂積が最良の嘘とはなにかと尋ねて、彼は誠実な嘘だと答えた。

　市倉は返答に躊躇ったようだった。それがスピーカー越しの沈黙でもわかった。だがけっきょく彼は答える。

「オレが思うに、誠実な嘘にはルールがみっつある」

「へぇ。聞きたいね」

「ひとつ目は、自分のための嘘ではないこと。ふたつ目は、相手が信じるまで嘘をつき続けること」

「なるほど。みっつ目は？」

「秘密だよ。いちばん、大事なことなんだ」

　市倉が電話を切る。穂積はほんの短い時間、耳から離したスマートフォンをみつめて、それをポケットにしまった。

　後部座席の日比野が口を開く。

「どうなったの？」

「なかなかハードボイルドだったよ」

「ハードボイルド？」

「いや」

　小さな声で、穂積は笑う。

「取り引きは成立だよ。向こうは七億を提示した。思ったよりも少し安いな。俺が市倉くんを殴り、君がそれを撮影する。その動画と一緒に君を差し出せば、採用通知とナンバー1のスマートフォンをもらえる」

「悪くないね」

どこか不機嫌そうに日比野は言う。

「スマホまで出すなら、市倉たちは完全に降りるってことでしょ。もうばたばたする必要もない」

「まったくだね。でも、気になる」

「なにが?」

「向こうは市倉くんが主導権を握っているみたいだ。聖沢が黙って従っているのが、ちょっと納得いかない」

車、停めてよと穂積は言った。

高橋が応える。

「なんだよ?」

「タバコ。一本だけ」

ドアが開き、穂積がカローラから降りた。

――市倉が試験を降りるとして。

裏で聖沢が動くなら、考えられる可能性はなんだ?

キィンと音をたて、ジッポーライターの蓋が開く。その直後、彼のポケットの中でスマートフォンに着信があった。発信元は公衆電話となっている。穂積はスマートフォンを取り出して、煙を吐きながら応答した。

「お久しぶりです、穂積さん」

と、声が聞こえた。

聞き覚えのある声だ。――ナンバー1、加藤仁。どうして彼が？

穂積は笑う。

「貴方が取り引きをすっぽかすから、ずいぶん苦労してますよ」

「その件は申し訳ありません。ちょっと私用で立て込んでおりまして」

「いろいろ訊きたいことはあるけどね。どうしていまさら、電話をくれたんです？」

「貴方にご協力しようかと思いまして」

「仲間が増えるのは嬉しいね。なにをしてくれるんです？」

「アドバイスを。貴方は裏切られます」

「へぇ。だれに？」

ナンバー4、日比野瑠衣。警戒するなら彼女だろう。市倉が失格になったとしても、彼女はまだ試験に残る。取り引きが予定通りに行われれば、ソラが語ったルールで、穂積のほかに生き残るのは彼女だけだ。

だが、加藤は言った。

「高橋登喜彦。彼は、貴方の敵です」

高橋？　どうして。彼が市倉か、あるいは日比野と手を組んでいるということか？　だがそんな素振りはなかったはずだ。

穂積が息を吐き出す。

「そいつは怖いね」

「必要なタイミングで、またご連絡いたします」

「待って。どうして貴方は、俺に協力してくれるんです？」

「採用通知をお売りできなかったお詫びですよ。私、約束を破るのは嫌いなもので」

それでは、と告げて、加藤は電話を切った。

彼は、本当に未来を知っているのだろうか？　だとしても目的がわからない。

ただ、不穏だった。

5話
ふたりの関係

22：00〜

株式会社ブルーウォーカーの使途不明金に関するメモ

• ブルーウォーカーが持つ特殊人材研究所において、約5年間で計122億5800万円の使途不明金(※資料1)。
経費としても計上されておらず、ただ口座から金が消えている状態。

• 支払先は5社に分散している。少なくともうち2社はすでに存在しない会社であり、残り3社に関しても実態が明らかではない。所在地はすべて海外。(※資料2、3)

• 上記の使途不明金に関して、過去にブルーウォーカーから親会社・ハルウィンへメールで問い合わせている(※資料4)。ハルウィンからの書面での返答は発見できず。ただしブルーウォーカーが継続して問い合わせを行っている痕跡がないため、なんらかの説明、あるいは説得が行われた可能性が高い。

• 特殊人材研究所の元所長・加藤から、ハルウィンCEO・相原へ定期的にメール。この痕跡は執拗に消されているが、1通のみ入手(※資料5)。このメールにより、ハルウィンが超能力者と関わりを持っていることはほぼ確定的。

■資料
1、ブルーウォーカーおよび特殊人材研究所の預金データ(過去5年分)
2、支払先5社の登記情報
3、倒産情報(TSリサーチ)
4、ブルーウォーカー経理部からハルウィンへのメール
5、加藤から相原へのメール「件名/ご要望への返答」

1　22時

二二時になった。試験終了まで、残り二時間だ。

加藤という不確定要素を含みながらも、ここまでは予定通り試験が進行している。

穂積正幸は取り引きの場所に、倉庫から西に二〇〇メートルほど離れた、広い駐車場を指定した。利用者の少ない駐車場だ。かつて港が活発に使われていたころはトラックがずらりと並んでいたのだろうが、今はただ広いアスファルトに白線が引かれているだけだった。辺りは暗く、その白線さえよくみえない。視認できる範囲で明かりといえば、間隔が広すぎる電灯と、自動販売機がひとつある程度だ。

穂積は高橋を、この駐車場の三〇〇メートルほど手前の路上で降ろした。彼を取り引きの現場には同行させないという約束は、とりあえず守られている。穂積は電灯の下でカローラを停めて、運転席から降りた。後部座席には日比野だけが残されている。彼女は不機嫌そうな顔つきで、動画の撮影のためにスマートフォンを構えている。

穂積がタバコをふかしていると、やがてエンジン音が聞こえた。一台の大型バイクが駐車場に走り込む。聖沢が運転し、後ろに市倉が乗っている。

穂積から一〇メートルほど離れたところでバイクが停まり、市倉が降りる。

「日比野は？」

「カローラの中だよ。みえるだろ」

「どうして同行させない？」

「君たちへのサービスだよ。仲良くお話ししていると、いろいろと面倒だろ？」

市倉は頷く。

「まず、オレを殴れ。手加減はいらない」

穂積は笑う。

「ナンバー1のスマートフォンが先だ」

「話と違う。こっちが物を出すのは動画撮影のあとだ」

「そうじゃない。採用通知と動画はそれでいい。でもスマートフォンのタイミングは決めてない」

「だとしても、先には渡せない」

「オーケイ、わかった。なら、まず動画撮影。次にナンバー1のスマートフォン。最後に採用通知とナンバー4を交換だ」

「それでいい」

「歯を食いしばれよ」

穂積はほとんどモーションもなく、市倉の顔を殴りつける。演技なのか、それとも充分な威力があったのか、市倉はアスファルトの上に倒れ込んだ。

「サービスだよ」

とつぶやいて、穂積が何度か市倉を踏みつけた。しゃがみ込んで、穂積は言う。

「さあ、スマートフォンはどこだ?」

掠れた声で、市倉が答える。

「ポケット。左側だ」

穂積がスマートフォンをひっぱりだし、その画面を覗き込む。それから露骨に眉を寄せた。

「おい。どういうことだ?」

そのスマートフォンでは、猫がトイレットペーパーにじゃれつく動画が繰り返し再生されていた。右上のバッテリーが赤く表示されている。もうほとんど残量がないようだ。

ようやく立ち上がり、市倉が言った。

「オレは嘘をつかない。本物の、ナンバー1のスマートフォンだ」

「でもね、どうしてこんな――」

「仲良くしようぜ、穂積。もうすぐバッテリーが切れる。余計なものは失くした方が、互いに心配事が減るだろ?」

穂積はしばらくじっと、猫の動画を睨みつけていた。猫のかわいらしい動作に微笑みもしなかった。やがて口元を歪めて、うつむく。

「俺にはこだわりがあってね」

「へぇ、どんな?」

「イエスのボタンは簡単には押さない。女性の前でタバコを吸うときには、必ず許可を取る。靴は左足から履く。目玉焼きは両面焼く。コーヒーはホットしか飲まない。音楽はリピート再生しない。サングラスはかけない。もしウサギと亀が競走していたならウサギを応援する。まだまだあるんだけど、聞きたいかい?」

「もういいよ」

「じゃあ重要なのをひとつだけ。他人の言葉はすべて疑う。納得がいくまで疑う。例外は依頼人だけだ」

それはまるで忠告のような言葉で、感情を誤魔化すために顔をしかめる。穂積はナンバー1のスマートフォンを自身のポケットにすべりこませた。

「だから君を、信じるとは言わない。でもとにかく、あとは採用通知とナンバー4を交換すれば、取り引きは成立だ」

穂積は市倉に背を向けた。まっすぐカローラへと戻る。

「どう?」

と窓ごしに日比野が言った。

「順調だよ」

答えながら、穂積は自身のスマートフォンでソラの地図を確認する。カローラと市倉は二〇メートルほど離れている。

「これで、試験に残っているのは俺と君だけだ」

「そうだね」

「動画は？」

「撮った。あんたが振り返るところまでばっちりだよ」

「それでいい」

穂積は後部座席のドアを開き、ロープとタオルを取り出す。先ほどホームセンターで購入したものだ。

「ほら、手と足を出して」

と、彼は言った。

「どうしてこんなことする必要があるんだよ？」

「一応ね。俺はこうみえて、用心深いんだよ。だから待ち合わせにはいつも先に到着する」

答えながら、穂積は日比野の手足を縛る。

「足のロープには多少の余裕がある。小さな歩幅なら、歩くことができるはずだ」

「でも、走って逃げることはできない」

「その通り。交換の直前に、君が逃げ出したら困る」

「私は逃げないよ」

「もちろん。でも、念のためだよ。石橋を叩くのが好きなんだ」

穂積は日比野にさるぐつわを嚙ませる。それから、彼女のポケットに手を突っ込んでスマートフォンを取り出した。画面はロックされている。日比野がふがふがとなにか叫んだ。

「なにをしてるんだ?」

と市倉が叫んだ。

「なんでもないよ。これから、ナンバー4を解放する」

と穂積は答える。

このタイミングで日比野のスマートフォンを奪うというのは、事前の話し合いにはなかった行動だ。穂積はささやいた。

「心配いらない。途中で、トレードでスマートフォンを返すよ。念のためだ」

彼は日比野をカローラから降ろす。後ろで縛られた彼女の手に、タバコの箱を握らせた。それから市倉に向かって叫ぶ。

「ナンバー4が半分まで進んだら、採用通知を出してくれ。俺がそれを回収して、取り引きは完了だ」

わかった、と市倉が答えた。

彼に向かって、日比野が叫び声を上げる。だがさるぐつわのせいで、なんと言っているのかは聞き取れない。市倉にもわからなかっただろう。

穂積はカローラの運転席に乗り込んで、エンジンをかけた。一〇メートルほど車をバックさせる。これで日比野も、スマートフォンから五メートル以上、離れたことになる。

――決まりだ。

ソラが語るルールにおいて、現在、採用の可能性を残しているのは穂積だけだ。でも市倉はまだそのことに気づいていない。日比野が後ろ手に握っているのが、スマートフォンではなくタバコだと知る方法はない。

穂積はトレードで、日比野のスマートフォンと彼女に持たせていたタバコを交換した。諦めたのか、元々穂積に逆らうつもりはなかったのか、日比野が歩き出す。市倉が白い封筒を地面に落として、それを穂積がトレードで回収する。

直後、穂積のポケットの中でナンバー1のスマートフォンが震えた。

――加藤仁。

穂積が応答すると同時に、加藤は言った。

「その採用通知は偽物です」

タイミングが良すぎる。まるでどこかから駐車場の様子をうかがっているようだ。フォーサイトという能力は、それほど便利なものなのだろうか。

普段よりもずっと短く、口早に、穂積が尋ねる。

「本物は?」

「まだ、ナンバー4が持っています。彼女のジャケットの、ファスナーがついたポケットに入っています。トレードできますか?」

「問題ない。助かるよ」

穂積はスマートフォンをハンズフリーにして、フロントガラスに立てかけておいた。

すでに日比野には、市倉が駆け寄っていた。さるぐつわを外しているようだ。穂積は白い封筒から中身を取り出す。トレード。日比野の革ジャケットがふいに消え、偽物の採用通知が入っていた白い封筒がひらひらと落ちる。革ジャケットは穂積の手の中にあった。彼はファスナーを開き、そこから折りたたまれた白い紙を取り出す。

「助かったよ、ナンバー1」

と、穂積は笑う。

「いえ――」

加藤がなにか応えようとした、そのタイミングで音声が途切れた。みるとナンバー1のスマートフォンの画面がブラックアウトしている。バッテリーがなくなったようだ。ソラの地図からも、1番が消えていた。

「ま、こんなもんか」

笑って、穂積はカローラを発進させた。

※

日比野が叫ぶ。

「やられた。採用通知を盗られた」

市倉が答える。

「かまわないだろ？　結果的には、約束通りに取り引きしただけだ」

正直なところ、安心した。市倉の計画通りではないにせよ、無事に今夜の試験を終えられるだけで、充分だ。あとは穂積が約束通りに金を払うことを期待していればいい。

市倉は日比野からスマートフォンを受け取り、彼女が撮影した動画を確認する。たしかにそこには、市倉を殴りつける穂積の姿が映っている。この映像は、間違いなく穂積の弱みになるはずだ。

――もうこのまま、なにも起こらなければいい。

スムーズに穂積が事を進めてくれればいい。本心からそう思う。市倉はただの大学生だ。能力者同士の、わけのわからない争いに巻き込まれるのはこれくらいで充分だ。

どこからか、大きなエンジン音が聞こえた。

続けて、楽しげな声。聖沢巧の声だ。

「結局、最後はあいつか」

暗闇の中の狭い視界を、大型のバイクが音をたてて走り去る。だが、エンジンの音はそれだけではなかった。駐車場には聖沢と入れ違いに、次々と車が走り込んでくる。五台、六台――車種はわからないが、すべて黒い、同形状の車にみえた。

その黒い車たちは市倉と日比野を取り囲む。一台のドアが開き、そこから、桜井が姿を現した。

「なんだよ、これ」

と日比野が叫ぶ。

桜井は冷たい表情で、日比野をみつめた。

「貴女の能力、ちょっと厄介なのよね。だから試験が終わるまで、こちらで預からせてもらうことにしたわ」

「ふざけんなよ。あんたたち、市倉と組んだんじゃなかったの?」

次に口を開いたのは、その市倉だった。

「言う通りにしよう」

日比野はしばらく沈黙した。それから、これまでとは明らかに違う、小さな声で彼女は言った。

「あんたも、私を裏切るの?」

「違う。そういうことじゃない」

桜井たちの動きは、市倉にも知らされていなかった。おそらくあの倉庫で眠っていた三〇分ほどの間に、桜井たちが勝手に決めてしまったのだろう。

「でもこの人数相手に、無理に抵抗しても仕方ないだろ」

日比野は不機嫌そうに、吐き捨てるように言う。

「わけわかんない。あの聖沢って人は、もう失格になってるんでしょ? 私も、市倉も。残ってるのは穂積だけだよ。今さらこんなことして、なんになるの?」

それは、その通りだ。

聖沢たちの狙いが読めない。これから彼が、穂積から採用通知を奪い取れたとして、それでなにになるというのだろう？　奪ったばかりの採用通知をまた穂積に売りつけるのか。協力者の誰かに採用通知を破り捨てさせ、再試験を狙うのか。あるいは——

「貴女が考えるべきなのは、そんなことじゃない」

舞台の演技のような口調で、桜井が言った。

「貴女はどうせ、穂積と取り引きしてるんでしょ？　なら、彼が勝つことを期待してなさい」

「待てよ」

市倉が口を挟む。

「オレたちは、聖沢とも取り引きをしている。忘れちゃいないだろうな？」

桜井は笑う。

「ナンバー4は結局、採用通知を売らなかった。その前に穂積に奪われた。貴方だって、もうハルウィンに採用される目はない。いったいどこに、取り引きが成立する要素があるっていうの？」

市倉は舌打ちを漏らす。

だが、今、市倉にできることはなにもない。先ほど彼自身が言ったことだ。この人数を相手に、無理に抵抗しても仕方がない。

「そろそろ時間ね」

と桜井の声が聞こえた。

どこか遠くから、ばらばらと音が聞こえる。

2　22時10分

すぐ手元にある光学ドライブがしゅるしゅると小さな音を立てて、今もまだラグタイムの演奏を続けている。穂積はカローラの運転席で、ちらりとソラの地図に視線を向けた。

ずいぶん寂しくなったものだ。そこに表示されている数字は、たった三つだけだ。穂積の2番、日比野の4番、それから高橋が持っている、もともとは聖沢のものだった6番。すぐ目の前に6番がある。カローラは減速しない。――いや、6番とすれ違う直前に、穂積はカローラを急停車させた。

その派手なブレーキ音のあとで、聞こえてきたのはノックの音だった。

「よう。まさか、置いていくつもりじゃねぇよな？」

高橋登喜彦。彼もスマートフォンを手に、にやにやと運転席を覗き込んでいる。

「いちいちビジョンを使わないでよね」

と穂積はぼやく。内側から助手席のドアを開けて、言った。

「早く乗って」

「どうして急ぐ必要がある？」

「聖沢がすぐそこに。急げ」

すでにそのバイクのモーター音が聞こえていた。

だが高橋は、ゆっくりと首を振る。

「あいつは敵じゃない」

聖沢のバイクが高橋の隣で停まる。高橋はカローラの隣に立ったまま、身を屈めるようにして、穂積の顔を覗き込んで続ける。

「敵は、そうだな。強いて言えばあんただよ、おっさん」

聖沢がバイクを降り、高橋の目の前を通過して、助手席に乗り込んだ。その大きな手がサイドブレーキをつかみ、引き上げるのがみえた。聖沢はどこか、つまらなそうに言った。

「お前はよくやったよ、穂積。だが、ここまでだ」

穂積の顔から、笑みが消える。

「いつから組んでたんだい？」

高橋が、聖沢に向かって笑う。

「いつからだっけ？」

聖沢も笑みを浮かべて答える。

「だいたい八年前だな」

――どういうことだ？

状況を理解するのに、少し時間がかかった。

二度、三度と深呼吸をして、気づく。

ソラが語るルールにおいて、高橋は失格になっていない。彼はこの試験中、まだ一度もソラから五メートル以上離れていない。試験開始後まもなく、彼のスマートフォンは壊された。壊したのは聖沢だ。だがその後、聖沢は高橋の傍を離れなかった。穂積がカローラを借りに行っているあいだも高橋を見張っていた。高橋をカローラのトランクに積み込んで、偽警官とのごたごたで穂積と別れて。きっとその直後、聖沢のスマートフォンは高橋の手に渡った。

小さな、掠れた声で穂積はつぶやく。

「はじめから、組んでいたのか」

ようやく理解できた。

このふたり組は、意図的に高橋の失格を演出したのだ。高橋のスマートフォンを早々に壊してみせることで、彼を安全圏に押し込んだ。そのまま、敵がただひとりになるまで息をひそめていた。

まったく、無茶をする。身近にあるのが他人のスマートフォンでも良いなんてルールは明言されていない。だが、彼らのチームはそれが通ると確信していたのだ。

ハルウィンが巨大な企業だから。ルールの穴を埋められなかったのは向こうだから。そこを突いたことを理由に、年収八〇〇〇万をふいにするようなことはないと信じて、計画を立てた。無茶なやり方で、強引に他の参加者たちの標的から高橋を外した。

聖沢が口を開く。

「オレたちが設定していた勝利条件は、たったふたつだよ。ひとつ目。オレたちのリーダーが、もっとも安全に今夜の試験を終えること。ふたつ目。金でも、暴力でもいい。どんな方法でも他の参加者全員を失格にすること」

穂積は小さな声で、呆れた風に笑う。

「あとは、俺だけってことか」

だが聖沢は首を振った。

「違う。お前とも、すでに交渉が成立している。前金で七五〇〇万。後から五億。それでこの試験を降りるとお前は言った」

「そうだったかな。覚えていない」

「録音している。この辺りが引き際だぜ？　穂積。あの倉庫に戻れ。後からなんてけちなことは言わない。約束の金は、全額支払ってやる」

「あそこにあるのは三億だろ？　全額には足りない」

「先に三億、渡している」

彼の巨体では狭苦しくみえる助手席で、聖沢は窮屈そうに足を組む。

「ナンバー1に渡すはずだった金だ。中身をすり替えたのは、お前だな？　オレたちは金には困ってないんだよ。取り引きに偽物の札束なんか使わない」

穂積はタバコを取り出し、一本をくわえる。火をつけて、深く息を吸い、煙を吐き出してから首を振る。

「中身じゃない。トランクごとすり替えた。金って重いねぇ。トレードが使える、ぎりぎりの重量だった」

海に沈んだ三億は偽物だった。本物の三億はすでに、穂積が手にしていた。おそらく聖沢のアポートという能力は、存在しないのだろう。海から引き上げたという名目で倉庫に運ばれた三億は、新たに用意されたものだ。だから札束が偽物ではなかった。計六億。穂積が主張した金額に足りている。

呆れた風に、聖沢がつぶやく。

「三億を、たかがとは言わねぇがよ。ずいぶん安っぽいことをしてくれるじゃねぇか」

「金が欲しかったわけじゃない。そう言って、信じてもらえるかい？」

「じゃあなにが目的だ？」

「ナンバー1の情報」

穂積は懐から、小さな、黒い端末を取り出してみせる。

「君が倉庫でトランクをみせたときから、アポートなんてないことはわかっていたよ。海に沈んだトランクには、発信機と盗聴器がついている」

あのトランクは本来、ナンバー1に引き渡される予定だった。

穂積は続ける。

「だから、俺がトレードしたのは半分だ。トランクはふたつあった。片方しか入れ替えていない。一億五千万と、倉庫に三億。合計で四億五千万。俺が約束した額には、まだ一億二五〇〇万足りない」

　助手席のドアは、まだ開いたままだ。そこから流れ出る煙を左手で振り払って、高橋が言った。

「それくらいならすぐに積める。買収用に用意した金はまだ残っている。さっさと採用通知を出せよ、おっさん」

「それはできない」

「金が足りないってのか？」

「そうじゃない。俺はまだ、この試験を降りられない。ナンバー1の動向が気になる。考えてみてよ。あいつはさっさとリタイアした。もしそれが、君たちが使ったのと同じ方法だったとしたら――」

「話が長い」

　と、聖沢が遮る。彼は車外の高橋に顔を向けて続ける。

「ここはオレに任せろ。穂積がまだ採用を諦めていないのだとすれば、次に狙うのはお前のスマートフォンだ」

　高橋は助手席のドアに手をかけて、首を傾げてみせた。

「最後くらいは絡ませろよ」

「オレを信用できないのか？」

「いや。オレにできるのは、それだけだ」

「わかってるじゃないか。なら、行け」

高橋は音をたてて、助手席のドアを閉める。彼はそのまま、カローラに背を向けたようだった。

穂積が首を傾げる。

「車を出しても？」

「いや。このままだ」

聖沢はサイドブレーキに手を置いて、言った。

「最後に残るのは、きっとあんただろうと思っていたよ。だが、状況は圧倒的にこっちが有利だ。純粋に数が違う。準備にかけた金が違う。降りてくれねぇか？」

穂積は冷めた目つきで、ソラの地図を眺めていた。

「わからないな。君たちの目的は、金じゃない。ならなにが欲しいんだ？」

「ハルウィンの採用だよ」

「金以外に、働く理由があるかい？」

聖沢は窓の外に視線を向けた。

「あいつはだせぇ奴なんだ。金はある。親の金がな。他にはなにも持っていない」

「それで？　就職を買うってわけかい？」

「そうだよ。プレミアものの外車とそう違わない。親の息がかかっていない、大企業の就職先を買うのがあいつの目的だ。本当にそれだけなんだよ」

「反抗期かい？　ちょっと遅すぎるな」

「なんとでも言えよ」

「どうして高橋の下につく？　ハルウィンより金払いがいいのかい？」

聖沢は声を出して笑った。悪意のない、擦れていない、楽しげな笑い声だった。

「あいつにもしも才能があるとすりゃ、そいつは金の使い方だろうな。オレも、桜井も、他にもまだ何人か。あいつに人生を買われた」

「人生ってのは、いくらで買えるんだろうね」

「それぞれだろ。オレのは六五〇万だった」

「ずいぶん安いな」

「タイミングが大事なんだ。底値ならもっと安い」

「もう一本、タバコを吸っても？」

「勝手にしろ」

キィン、とジッポーライターの蓋が開く音が響く。

「で？」

穂積が先を促す。

「詳しく聞きたいか？」

「概要だけ、かいつまんでくれればいい」

「八年前、オレは親父を殺して刑務所に入るつもりだった。だがあいつの六五〇万で、その必要がなくなった。それだけだ」

「よくわからないんだけどさ、八年も経ったんなら、もういいんじゃないの？　今の君は、もうちょっと値が張るだろ」

「ただの六五〇万じゃねぇ。その辺りの石ころに見返りもなく払った六五〇万だ。株と同じなんだよ。オレの価値が上がったなら、そっちの値段も吊り上がる」

音をたてて、穂積は煙を吐き出した。

「ま、だいたいわかった。君たちの結束は、思いのほか固い」

「だから降りてくれ。オレは手段を選ばない」

「残念だけどね。俺も、金のためだけに働いてるわけじゃないんだ」

「ならなにが欲しい？」

「充足感」

わけがわからなかったのだろう、聖沢が言葉を詰まらせる。彼の反応には共感できた。なんて場違いな言葉なのだろう、と思った。だが穂積は続ける。

「とくになにが目的ってわけじゃないんだ。嫌なことをみんな避けたいだけなんだ。ハードボイルドに憧れてるんだよ。金を握らされてドロップアウトなんてのは、俺にとってはいちばん避けたいことだ」

聖沢が舌打ちした。

「ガキみたいな話だな」

「俺が思うに、ハードボイルドってのはガキのこだわりを持ったまま歳を取ることだ」

「お前はもっと頭が切れると思っていたよ」

「利口なら、私立探偵の個人事務所なんか開かない」

その直後、なにが起こったのか正確には理解できなかった。気がつけば穂積は叫び声を上げていた。遅れてようやく視認できた。聖沢が右手で穂積の左腕を取り、捻るように折り曲げている。

「探偵ってのは、拷問の訓練も受けるもんなのか?」

と聖沢は言った。彼は空いた左手を、穂積のジャケットのポケットに差し込む。

震えた声で、穂積が答える。

「もちろん。通販で教材を買うんだ。スパイものの小説なんかをね」

穂積は右手にスタンガンをつかんでいた。それを、聖沢に近づける。

「遅ぇよ」

聖沢は穂積の左腕を離し、スタンガンを持つ右手の手首をつかみ直す。彼の左手は、すでに穂積のジャケットから採用通知を抜き出していた。

「そうでもない」

穂積の右手から、スタンガンが消える。代わりにそこには、ライターが握られていた。

——トレード。

穂積の右手から左手へ、スタンガンが移動する。バチン、とあの音が聞こえ、今度は聖沢がうめき声を上げた。聖沢は身体を震わせながら、カローラのドアを開く。

――逃げ出すつもりか？

だが、遅い。もう一度、スタンガンの音が聞こえた。

「高橋を帰したのは失敗だったね。俺はビジョンが怖かった」

座席の上でうずくまるようにして身体を震わせる聖沢に、穂積は手を伸ばす。採用通知を取り戻すためだ。だがその手は、空を切った。

聖沢が動いたわけではない。彼の手の中にはすでに、採用通知がなかった。

小さなスピーカーからは、この試験が始まってから五度目の「ジ・エンターテイナー」が流れはじめる。

「まったくだよ。オレの相棒は優秀だ」

と、すぐ近くから、高橋の声が聞こえた。

※

高橋は初めから、カローラから離れてはいなかった。

ふたりのすぐそばで、ずっとスマートフォンを操作していた。桜井から何度か連絡があり、それに返信した。あとはアプリゲームで時間を潰していた。

彼はカローラの、わずかに開いたドアから滑り落ちてきた採用通知を拾い上げて、言った。

「オレにはよくわからねぇんだ。なんでもかんでも相棒と桜井が決めちまうんだ。でも、おっさん。お前はずっと騙されてたんだろうよ」

子供のように純粋に、高橋は笑う。

運転席の穂積は辺りを見回している。高橋の姿がみえていないように。どこからか、ばらばらと大きな音が聞こえてきた。

「つまりよ、お前のトレードってのは、目標がみえてなきゃ使えねぇんだろ？　だからオレがこんな風に、すぐ近くで採用通知をつかんでても、それがみえなきゃ意味ねぇってわけだ。そりゃビジョンが怖えよな」

穂積からは高橋がみえていない。その手に握った採用通知がみえていない。きっとそういうことなのだろう。ビジョンで、彼の視界が書き換えられているのだ。

「べらべら喋ってんじゃねぇよ。さっさと行け、聖沢」

と、助手席の聖沢が叫んだ。

「お前、なんか震えてるぜ？　大丈夫なのかよ、高橋」

と、カローラのすぐ隣に立つ高橋が言った。

どういうことだろう？　どういうことだろう？——いっそう笑みを大きくして、高橋が続ける。

「もうちょっと楽しませろよ。いたずらは、ネタばらしが楽しいんだろうが」

ばらばらという音は、さらに大きく響く。小さなスピーカーから流れる「ジ・エンターテイナー」をかき消すほどに大きく。

だがそれよりもさらに大きく、高橋が弾んだ声を張り上げる。

「聖沢はオレだ。オレが聖沢だ。ずっとお前は高橋に騙されてたんだよ。どういうことだかわかるか？　おっさん。ビジョンはオレの能力じゃねぇ。自慢じゃねぇが、オレはなんにも持ってねぇんだよ。ただ金があるだけだ。仲間がいるだけだ。これだけ言えばもうわかるだろ、おっさん。オレが本当に消えるまで、あんたの隣には高橋がいる。あんたの視界は戻してやんねぇ」

おそらく今夜の試験で初めて、穂積は叫び声を上げる。

「初めから、入れ替わってたってのか」

試験が始まったときから。いや、もっと早く。ソラを起動する前、それぞれの参加者に割り振られたアドレスからアプリケーションをダウンロードするときから。ふたりはすべてを交換していた。名前を、ナンバーを、能力の情報を。そして試験の最中にふたりはまたスマートフォンを入れ替えた。今、ナンバー6、聖沢巧のスマートフォンを持っている男こそが本物の聖沢巧だ。

「オレたちの勝ちだ。オレの相棒の勝ちだ。最高だぜ。オレは本当に知らないんだよ。でもきっと、みんな予定通りなんだよ」

彼は両手を高く掲げる。夜空には綺麗な半月が浮かんでいる。その光を、大きな影が遮る。ばらばらと音をたてて、ヘリが縄梯子（なわばしご）と命綱を下ろす。

「じゃあな、おっさん。オレは時間まで、空に消える」

あんたにはもうみつからない、と、高橋は——いや、本物の聖沢巧は言った。

試験の範囲は、駅から半径五キロメートルだ。一〇〇〇メートルも上空に逃げてしまえば、追いかけられる参加者はいないだろう。

3　22時30分

市倉は海辺の広い駐車場に、ひとりきり取り残されていた。日比野は縛られたままヘリに積み込まれ、桜井もそれに同乗した。辺りを取り囲んでいた何台もの黒いセダンも、すでにどこかに走り去ってしまった。市倉には捕らえておく価値もない、ということだろう。

その判断は、おそらく間違いじゃない。

——すべて終わったのだ。

結果的には、市倉はなにも手に入れられず、今夜の試験を終えたのだ。能力も持たない、ただの大学生がこの試験に参加して、無事に一日の終わりを迎えられるだけで充分だと考えるべきだ。だって今さらなにができる？　採用どころではない、わずかな金さえ手に入れられる余地はない。

次に取るべき行動は、わかりきっている。

その辺りで遅い夕食をとって、ホテルに戻って、シャワーを浴びてぐっすりと眠ればいい。明日の朝にはこんな採用試験のことなんか忘れて、ありきたりで着実な就職活動に切り替えればいい。それがいちばん平穏で、幸せだ。間違いのないことだ。

なのに。

市倉の手の中には、ナンバー4のスマートフォンが残されていた。

彼は真剣な顔つきで、そこに表示されたソラの地図を睨んでいた。

足元で、シドが小さな鳴き声を上げた。

※

プロペラが回る音が、ばらばらとうるさい。

高橋——いや、聖沢が、叫ぶように言った。

「おいおい、完璧じゃねぇか。たぶんみんな、高橋とお前の計画通りなんだろ？　完全勝利ってのは気分がいいな」

答えたのは桜井だ。

「まったく完全ではありません。予定は大幅に狂っています。とくにナンバー2、穂積正幸のスマートフォンがまだ奪えていないのが問題です。ルールでは貴方がハルウィンの係員に採用通知を提出することになっています。そのタイミングを狙われる可能性があります」

言われて、聖沢はポケットからスマートフォンをひっぱりだす。ソラの地図には、確かにまだ2番が表示されている。

「ん、ま、大丈夫だろ。お前がなんとかしてくれる」

「確実ではありません。高橋と相談できればいいのですが」

「あいつはさすがにもうリタイアだろ。スタンガンを二発も食らって身動きも取れねぇのに、穂積の隣に残してきたんだ。今ごろはロープでぐるぐる巻きってとこだ」

「彼を使い捨てたんですか？」

「だれが捨てるか、もったいねぇ。でもあいつは、今夜は充分働いた。あとはお前がやれよ、桜井。期待してるぜ？」

「貴方は？」

「寝る。まだ眠い」

「考えるのはこちらでやります。ですが、目は開けておいてください。あと三〇分もすれば係員の居場所が判明します。それまでに、このあとの予定を覚えていただきます」

「なるべくわかりやすく頼むぜ？　オレは物を覚えるのが苦手だ」

「わかっていますよ。ああ、それから、スマートフォンを貸してください」

「どうして？　お前のがあるだろ」

「2番の居場所を常に捕捉しておく必要があります。私のスマートフォンでみえる地図は貴方のものの映像を転送しているだけですから、操作できません」

「そうかい。じゃ、任せた」

聖沢がスマートフォンを突き出す。狭いヘリの機内だ。すぐ隣に窓がある。眼下に、これまで走り回った最終試験の舞台がみえた。――いや、走り回ってはいないか。それは他の参加者たちの話だ。とはいえこの街を見下ろすのは、なんだか少し感慨深いものがある。

ところで、と聖沢は言う。

「そいつはなんだ?」

ひとつ前の座席に、日比野がいる。すでに拘束は解かれているようだが、今はこちらに背を向けて、黙り込んでいた。

受け取ったスマートフォンを操作しながら、桜井は答える。

「安全のために同行していただきました。問題ありません」

聖沢はしばらく、じっと日比野の後頭部をみつめていた。それから言った。

「ならいい。オレは寝る」

「だめです」

と、桜井は答えた。

「口は閉じて、目は開けておいてください」

※

穂積正幸は顔の前にスマートフォンを構えて、ヘリが飛び立った空を見上げていた。タバコをくわえているが、火はついていない。時刻は二二時三五分。あと二五分で、ソラが「係員の居場所」を伝えると予告している時間になる。

穂積の隣では、高橋がぐったりとシートに身体を預けていた。気を失っているようだ。無理をし過ぎたのだろう。彼はスタンガンを二度続けて食らい、そのあとも自由の利かない身体で能力を使い続けながら、穂積をカローラの中に押しとどめていた。

——空中にある採用通知を、奪い返す方法はあるだろうか？

いや。それは難しい。やはり狙うべきなのは、本物の聖沢が地上に降りてからだ。つまり反撃の機会があるとすれば、ソラが「係員の居場所」をアナウンスした後ということになる。純粋な移動はヘリの方が速いだろうが、降下に時間がかかるはずだ。穂積が追いつける可能性は高い。

そんなことを考えていると、スマートフォンに着信があった。慌ててモニターを確認する。公衆電話からだ。加藤？　穂積は応答する。

「お疲れ様です。試験もいよいよ、大詰めですね」

と電話の相手は言った。やはり加藤の声だ。

穂積は笑うように、ふっと息を吐き出した。

「貴方のアドバイスを忘れてたわけじゃないんだけどね、採用通知を盗られてしまいました」

「ええ。そうなることはわかっていました」

「それで？　なんの用です？」

「ふたつ前の電話でお話しした通りですよ。貴方にご協力させていただきたい」

「ならもう少し早く、聖沢と高橋の関係を教えてくれてもよかった」

「申し訳ありません。私の能力も、万能ではないものですから。ですが今回は具体的なお話ができるかと思います」

「へぇ。ありがたいですね。聞こう」

穂積のライターが、キィンと高い音を立てる。

その余韻が消えてから、加藤は言った。

「今夜、貴方にとって最大の障害になるのは、隣で気を失っている高橋登喜彦です。貴方が体験した通り、トレードはビジョンという能力との相性が悪い。反対に彼さえ排除してしまえば、採用通知を取り戻すこと自体はそう難しくありません」

「なるほど。そうかもしれない」

「そこで試験終了まで、高橋さんを確実に排除する方法をお教えいたします」

「助かりますよ。貴方が引き取りに来てくれると、安心なんだけどね」

「残念ながら、私は身動きが取れないものですから」

穂積は音をたてて、煙を吐き出した。みえる景色がわずかに白く濁る。

相変わらず落ち着いた口調で、加藤は言った。

「まずはロープで高橋さんの手足を縛ってください。日比野さんを縛ったものの残りが、まだ後部座席にありますよね？　次にカローラを発進させます。道なりに進んで、最初の十字路を東へ。そのまま一二分ほど直進すると、左手に機械式の立体駐車場があります。そこにカローラごと高橋さんをあずけてください」

「でも一二分も走れば、試験範囲を出るな」

「問題ありません。禁止されているのは採用通知を範囲から持ち出すことです。参加者が出てもルール違反ではない。駐車場を出たあと、貴方はすぐに、タクシーで戻ってくればいい」

「なるほど。具体的だ」

　そう答えたきり、穂積はしばらく沈黙する。

「急いだ方がいい。もうすぐ、高橋さんは意識を取り戻します」

と、加藤は一方的に告げて、そして電話が切れた。

　穂積はスマートフォンを眺めていた。画面がブラックアウトしたあとも、しばらくその視線を逸らさなかった。モニターにはタバコの先端が映っている。穂積が息を吸うと、先端がオレンジ色に光る。

「信用するぜ？　こんな夜だってのに」

と、彼はつぶやく。

　高橋を排除できれば、穂積が採用通知を取り戻す確率はずいぶん高まるだろう。状況は煮詰まりつつある。だが、誰がどれだけのカードを残しているのか、まだ完全には見通せない。

　――最良の嘘つきは、誰だ？

もうすぐそれが、証明される。

6話
最後の言葉に至るまで

23：00〜

2016/06/28 18:26
差出人　加藤仁
件名　ご要望への返答
宛先　相原愛歩

相原愛歩様

お忙しいところ失礼いたします。加藤です。
頂いておりましたご要望に関しましてお答えいたします。

特殊人材研究所の研究データの一般公開ですが、
これは被験者の強い抵抗があり、説得が難しい状況です。
強引に話を進めることは可能ですが、「彼」が世間の目に触れますと、
貴社および当研究所にとってよい結果にはならないかと存じます。

そこで、貴社に１人「超能力者」を雇っていただきたいと考えております。
名を世に出すことを前提とした「超能力者」を用意できましたら、
無理に「彼」を説得せずとも話を進めることが可能です。

添付の企画書の通り、採用試験の企画・運営を
私に一任していただけませんでしょうか？
私でしたら「彼」のフォーサイトを活用することで、
理想通りの結果に導いてみせます。

相原様がまだ、フォーサイトに懐疑的なことは承知しておりますが、
私は「彼」の能力が本物であると確信しております。
採用試験は、フォーサイトの効果を証明することにもなるはずです。

何卒、よろしくお願い申しあげます。

加藤仁

1　23時

そして時計が二三時を指す。

予定通りにソラがアナウンスを開始する。

「ハロー。皆さま、お疲れ様です。最終試験の調子はいかがですか？　もちろん上手くいっている方も、そうではない方もいらっしゃるでしょう。ですが自信をお持ちください。皆さまは二万人を超える応募者から選ばれた七名なのですから。さて、ついに試験終了時刻まで、残り一時間となりました。これより『ゴールの場所』を発表いたします」

ソラは一度、言葉を切った。

誰もが、その声に耳をすますのを待つように。

それから言った。

「弊社の係員は、矢水ハイランドパークビル三階、三〇二号室であなたにお会いできるのをお待ちしております。場所を地図に反映させておきますね。なお、すでに遅い時間ですので近隣の方々のご迷惑にならないようお願いいたします。試験終了まであと少し。ご健闘をお祈りいたします」

地図に赤い星印が現れる。星が示すのは、ありきたりなオフィスビルのひとつだった。

2番、4番、6番。地図に残された三つの数字が、一斉に、そのビルに向かって動き出す。

※

最初にビルに辿り着いたのは、市倉真司だった。

彼はシドを入れたキャリーケースを抱えて、タクシーの中でソラのアナウンスを聞いた。幸運だったのだろう、その時点で、ゴールとして設定されたビルまでは三〇〇メートルほどしか離れていなかった。ビルの前でタクシーを降りた彼は、じっと地図を確認しながらエレベーターに乗り込んで最上階に移動し、そこからさらに階段を上って屋上に出た。

ばらばらと音が聞こえていた。聖沢のヘリもまた、ビルの上空に到着していた。上空に浮かぶヘリの高度はよくわからないが、屋上から一〇メートルというところだろうか。縄梯子が垂れ下がり、その先端が屋上に届いている。

市倉が持つナンバー4のスマートフォンが鳴る。見覚えのないナンバーからの発信だ。彼が応答すると、桜井の声が聞こえた。

「いまさら、なんの用?」

と不機嫌そうに、彼女は叫ぶ。巨大な風音の中で、どうにかそれを聞き取る。

小さな咳払いをして、市倉はスマートフォンに叫び返す。

「納得できない」

「なにが?」

「オレと日比野は、お前たちに買収された。金をもらう約束だった」

「あの契約はまだ成立していなかった。こちらが用意した契約書も白紙のままでしょ。もちろん無効よ」

「違う。オレたちは試験を降りると伝えていた。それからは一度もお前たちに抵抗していない。約束は守ってもらう」

「わけのわからないことを言わないで。あれは貴方たちが採用通知を持っていたから出てきた話よ。でも採用通知は穂積に奪われ、それを私たちが自力で奪い取った。もうすでに、貴方たちに譲歩する理由はないわ」

「いいや。契約は成立していた。後からひっくり返すなんて許されない」

普通に考えれば通るはずのない話だ。今夜の試験において、市倉にはすでに価値がない。ヘリの下に突っ立っていたところで、彼にできることはない。だが聖沢は金を使うことに無頓(むとん)着(ちゃく)な印象がある。あるいは、多少は引き出せるかもしれない。

「日比野は元々、二億でオレと手を組んでいたんだ。それだけでも払ってくれよ」

「関係ないわね」

「そっちが折れるまで、オレは諦めない。敵は少ない方がいい。そうだろ?」

「貴方にはもう、コイン一枚の価値もない。消えなさい」

「ふざけるな」

市倉は強風によろめきながら、ヘリから垂れ下がった縄梯子に歩み寄る。

「日比野は無事か?」

「ええ。問題ない」

「そいつはよかった」

「貴方もこの子も、健康体で今夜を終えられるだけで満足しなさい」

「納得できない。話をしよう」

市倉は通話をハンズフリーに切り替えて、それを胸ポケットに突っ込んだ。ポケットは小さく、スマートフォンの先端が飛び出している。

「なにをするつもりなの?」

と桜井が言う。

「そっちにいくよ」

答えて、市倉が縄梯子に手をかけた。鼓動が速くなる。

——危険だ。

命綱もなく、ヘリの縄梯子を上るなんて。こんなことをしてなんになるというんだ。向こうが交渉に応じる理由なんてない。素直に諦めるべきだ。誰にだってわかることだ。でも、今夜の努力がまったくの無駄になるのが許せないのだろうか? 聖沢たちが契約を守らないことに怒っているのだろうか? あるいは、日比野との約束のためだろうか? わからないが、なにかに意地になっているのだろう、市倉は縄梯子を上る。

桜井が言った。

「やめなさい。危険よ」

また、市倉は小さく咳払いをする。

「大丈夫だよ。オレには、やばい未来がみえるんだ」

だが彼の声は震えていた。

市倉真司に、超能力なんてない。


八年前のことだ。彼は中学一年生だった。

秋の終わりに、また飼い犬がいなくなった。なんだか体調が悪そうで、動物病院につれていこうとしたときだった。普段はおとなしい子なのに、リードを外したとたん駆け出して、どこかに走り去ってしまった。

あのときも咳払いをして、市倉は言った。

「オレには超能力があるんだ。やばい未来がみえるんだよ」

だから、未来がみえないなら、心配ない。つまり犬は無事だ。——心の底から信じきっていた。でも。

そのとき犬は交通事故に遭い、すでに息絶えていた。

彼に超能力なんてありはしない。

市倉は「ジ・エンターテイナー」を口ずさみながら、縄梯子を上る。なんだか昔のことを思い出す。その曲は小学六年生のときにみた映画のテーマだった。街にあった単館の映画館が取り壊しになると決まって、それで初めてふたりで映画をみにいった。オーナーだか、雇われていたのだか知らないけれど、いつもその映画館でチケットを売っていた眼鏡の老人が、いちばん好きな映画なんだよと言った。

眼下では、夜の街がふらふらと揺れている。

それほど大きな街ではない。特別に発展しているとも言い難い。だが大都市よりはずっと闇が色濃い地表に、看板や、電灯や、信号機や、車の光が散らばる様は、神秘的にみえないでもなかった。

「やめなさい」

と、もう一度、桜井が言った。

市倉は縄梯子を上り続ける。一歩ずつ、高度が上がっていく。

掠れた声で、ヘリの中の日比野が言う。

「もういいよ。あんたのせいじゃないよ。あんたが無茶することないよ」

その通りだ。

金のために命をかけるなんて、馬鹿げている。意味がない。つまらない。本当に、くだらない。いったいなにを考えているんだろう？　市倉はそれほど愚かではない。違うはずだ。

でも、彼は言った。

「もう誠実じゃない嘘はつきたくないんだ」

市倉の手がヘリの床に届く。なんとか、無事に上り切った。ふぅと息を吐き出す。スマートフォンを片手に持った桜井が、市倉を見下ろしていた。

「お疲れ様。でもね、貴方にかまってる時間はないの」

ヘリによじ登りながら、市倉が答える。

「なら、さっさと話をつけよう」

「ああ。そうだな」

と言ったのは、聖沢だった。

彼は桜井の手の中から、自身のスマートフォンを取り上げる。それをポケットに押し込んだ。

「手っ取り早く、終わらせてやるよ」

直後。なにが起こったのか、よくわからなかった。みえるのはヘリの床だけだった。それがぐらりと揺れて、暗転した。市倉は日比野の名前をささやいた。彼女の返事は聞こえなかった。

次にみえたのは、夜空だった。

息が詰まる。半月がヘリの向こうに浮かんでいる。眼下には街の明かりが広がる。胸ポケットからすべり落ちたのだろう、ナンバー4のスマートフォンは空中にあった。その少し下を、市倉が落下していた。

時間の流れが、急速に遅くなったような気がした。ちりちりと耳の奥でノイズのような音が聞こえた。落ちていく。どうして。聖沢か？　あいつがやったのか？

脳が理解を拒む。そんなはずがない。呼吸できない。目の前にビルの屋上がある。自然と涙がにじんでいた。え？　本当に？　死――

派手な音が聞こえて、それで最後だった。

夜の街も、ヘリも、月も、視界も。すべてが真っ黒に塗りつぶされた。

市倉真司が死んだ。

※

死んだ。

ほとんどなんの意味もなく、市倉真司が死んだ。本当に？　本当に死んだのか？　信じられない。でも。

掠れた声で、日比野は言った。

「本当に、こんなことをする必要があったの？」

桜井が答える。これまでと同じ声色だった。

「不幸な事故よ。彼は周りが止めるのも聞かず、無理に梯子を上ろうとして、足を滑らせて死んだ。それだけ」

「なんだよ、それ」

なにもできなかった。危険だとわかっていたのに。すべてみていたのに。身動きが取れなかった。なにもできないまま、彼は死んだ。

まだ信じられなかった。信じてしまうと、すべて投げ出して叫び声を上げてしまいそうだった。人間がこんなに簡単に死んでいいはずがない。危機感が足りなかった。もっとできることがあったはずだ。

——私は彼を、安全なところに逃がすことができた。

なのに、なにもしなかった。目先の計画にこだわって、彼を死なせてしまった。この先すべてが予定通りにいったとしても、そんなもの成功と呼べるはずもない。

「もう嫌だ。こんなのは嫌だ」

と日比野が言う。

市倉が死んだ。市倉が死んだ。市倉が殺された。

私はなんのために、こんな試験に参加したのだろう？　彼はなんのために、こんな試験に参加したのだろう？　くだらない正義感に囚われていた。つまらない能力で、なんでもできるような気になっていた。うぬぼれていた。少しでも頭が良い気になっていた。裏側からすべてを支配しているつもりだった。いったいどこで間違えたのだろう。決まっている。最初から間違えていたのだ。私は彼を避けてはいけなかった。きちんと向かい合わなければならなかった。ちっぽけな意地を張っている場合ではなかった。彼が死ぬまでわからなかった。いや、わかっていた。なのに理解しようとしなかった。馬鹿馬鹿しい。みんな無意味だ。すべて無価値だ。今夜の試験に勝者はいない。

桜井の声が聞こえる。

「受け入れなさい。必要なことよ」

うるさい。うるさい。うるさい。

日比野が感情的に叫び返す。

「嫌なものは嫌だ。どうして、こんな――」

うるさい。うるさい。黙れ。

もうなにも聞きたくなかった。机に突っ伏して両目を腕に押しつけていたかった。そのまま身を縮こめていたかった。でも。

「もう終わったことだろ。オレはいくぜ?」

聖沢巧。

市倉真司を殺した男。

こいつを勝たせるつもりはない。まだ、すべてを投げ出してしまうわけにはいかない。

「社員証をもらってくる。日づけが変わったらパーティだ」

聖沢の声を聞いているのが嫌で、私はボリュームを最小まで絞る。それでソラを通してスピーカーから聞こえていた彼らの声が消える。モニターから目を逸らせば、彼らの姿もみえなくなる。ただ市倉の声が、顔が、意識に染みついて離れない。

天井をみあげた。それから目を閉じ、息を吸って、吐いた。時間がない。聖沢がやってくるまでに、涙をふかなければならない。赤くなった目を、どうにか誤魔化さなくてはならない。

彼への怒りを、理性で覆い隠さなければならない。

そんなことが可能だろうか？

いや、やるんだ。ひとつも疑われることなくこの試験を終わらせるんだ。

試験が始まってから五時間と少し、私が片ときも離れずに過ごしたこの部屋に聖沢が現れるまでに、覚悟を決めるんだ。

しばらく息を止めていた。それから、胸に溜まった熱を吐き出した。

身体に力が入らない。腕を動かすだけで、ずいぶんな重労働に感じる。私はどうにか鞄からハンカチを取り出し、その半分を机の上にあったミネラルウォーターで濡らす。まずは濡れた方で、次に乾いた方で、目元を拭う。

それから私は、ナンバー4のスマートフォンが最後に映した映像を確認した。空中の市倉が落下して、ビルの屋上に衝突する。頭を真下にして冷たいアスファルトに衝突する。映像を停止すると、首が異様な角度に曲がっているのがわかる。ゴム風船の破裂のように血が飛び散っている。彼は間違いなく死んでいる。私はウィンドウを閉じて、もう一度、ハンカチを目元に当てる。

そのまましばらく、身動きがとれなかった。体感では数秒のことだったが、実際には、いくらかは時間が経ったのだろう。部屋のドアがノックされた。

私は深呼吸をして、椅子から立ち上がる。

それからドアまで歩み寄り、鍵を開ける。

ドアの前には聖沢巧が立っていた。彼の足元には、人がひとり倒れ込んでいた。

市倉真司だ。頭部に聖沢のジャケットがかけられている。そのジャケットが、真っ赤に染まっている。顔はみえないが、でも彼だとわかった。妙に懐かしく感じるのが不思議だ。つい先ほどまで、ずっとモニターに映る彼の顔をみつめていたのに。彼を抱きしめたかったけれど、そうするわけにはいかない。まだすべてが終わったわけではない。

「あんたが、ハルウィンの係員か？」

と聖沢が言った。

私は頷く。あらゆる感情を消し去ろうとする。心の中の感情までは消せなくても、それを表面から拭い去ることは難しくなかった。本当に悲しいとき、いちばん楽なのは、無表情でいることのようだった。

「心臓が止まると、意外と血が流れないみたいでね。階段は綺麗だ。被害はオレのジャケットだけで済んでいる」

にやにやと笑いながら、聖沢が言う。

「試験で人が死んだなんてのは、あんたにとっても望むことじゃないだろ？　片づけておいてくれよ」

声に感情を込めないことは、無表情を装うよりずいぶん難しかった。できるだけ短く、「わかりました」と私は答える。

「助かるよ。じゃ、穂積がくる前に、さっさと終わらせちまおう」

彼は一枚のプリント用紙を差し出す。

採用通知。発信機だろう、黒いボタンのようなものが取りつけられている。特徴といえばその程度の、ただの紙きれだ。こんなものに、人が死ぬだけの価値があるというのだろうか。

私はどうにかそれを受け取り、答える。

「おめでとうございます。合格者は貴方です。以上をもちまして、今夜の最終試験は終了といたします」

「なんだか冴えねぇな。拍手とくす玉くらいはあるもんだと思ってたよ」

「弊社は、余計な演出を好みません。そこに刷新的なアイデアがあるなら別ですが、そうでなければシンプルこそ至上だと考えております」

「そうかい。ま、どうでもいいさ。さっさと社員証ってのをくれよ。仲間にみせびらかしてやりたいんだ」

「少々、お待ちください」

私は聖沢に背を向けて、部屋の中に戻る。聖沢も後ろをついてくる。

小さなミスに思い当たる。聖沢を部屋の中に入れる予定はなかった。本来の手順では、社員証を手にしてドアを開けるつもりだった。動揺していた――当たり前か。市倉が死んだのだから。

辺りを見渡して、聖沢が言う。

「おいおい、ずいぶん寂しい景色だな」

広くもない、殺風景な部屋だ。家具らしい家具もない。大きな窓があるけれどはめ殺しで開けることはできないし、今はぴっちりとカーテンが閉っている。部屋の明かりもつけていなかった。だが聖沢がみているのは、私が試験開始から今までの五時間少々を過ごした部屋ではなかった。その一角にある、合計で二三のモニターだ。

うちひとつは、机に載せられた、私のノートパソコンのものだ。あとの二二台は同じサイズのものだった。

ひとつだけ、独立したモニターがある。そこにはソラの地図が表示されている。

残りのモニターは、縦に三台、横に七台ずつ並んでいる。いちばん上のものがスマートフォンの外側のカメラから得た映像。二段目のものが内側のカメラから得た映像。三段目のものがスマートフォンの画面の映像。それが参加者七名分で、二一台。

だが、今、まともに映像を映しているモニターはソラの地図だけだ。

ナンバー7、市倉真司のモニターは最初から機能しなかった。彼がソラをダウンロードしなかったから。

ナンバー5、高橋登喜彦のモニターは、スマートフォンが海岸で踏み潰されたときにブラックアウトした。

ナンバー3、シドのモニターは、穂積の車にスマートフォンを潰されたときに消えてしまった。

ナンバー1、加藤仁のモニターは長いあいだ市倉の動向を映していたが、穂積に奪われてすぐにスマートフォンのバッテリーが切れた。

ナンバー4、日比野瑠衣のモニターは、ついさっき、市倉と――彼と共にスマートフォンが落下して、消えた。

まだ機能しているのはナンバー2、穂積正幸。それからナンバー6、聖沢巧の二台。だが共にポケットの中に入っていて、なんの映像も映っていない。スマートフォンが休止モードでも音声は拾い続けているが、聖沢の方はボリュームを絞ったままだ。穂積のスマートフォンからも、今はノイズしか聞こえない。

聖沢がこちらに顔を向ける。

「これでオレたちを、ずっと監視していたってわけか？」

モニターの前に置いていた社員証を手に取り、私は答える。

「それが仕事ですから」

それからノートPCのキーボードに触れて、用意していたメッセージを流した。

ソラが語り始める。――皆さま、お疲れ様でした。今夜の試験の、たったひとりの採用者が決定いたしました。試験に合格したのは、ナンバー6、聖沢巧さんです。おめでとうございます。他の皆さまも、今夜の試験へのご参加、ありがとうございました。

地図上で、2番の動きが止まった。穂積がポケットからスマートフォンを取り出す。上の段のモニターに夜の街並みが、真ん中の段のモニターに穂積の顔が、下の段のモニターに彼がみているはずのソラの姿がそれぞれ映る。

穂積はすべてを諦めたようだった。片脇にあったベンチに腰を下ろし、スマートフォンをその隣に置いたのがわかる。外側のレンズは半月が浮かぶ夜空を映し、内側のレンズは黒く染まる。

同じ映像をみて、聖沢が笑った。

「なかなか楽しそうな仕事じゃねぇか。ひとりだけ、試験の全容を理解しているってのはどんな気持ちだった？　神さまにでもなったような感じか？」

私は首を振る。

「いいえ。まるで無力でしたよ。危機に陥るドラマの主人公を、やきもきしながらただみていることしかできない視聴者のようでした」

それは半分本当で、半分嘘だ。私も当事者のひとりなのだから、無関心ではいられない。映像と音声から、それぞれの思惑を想像し続ける必要があった。

「嘘をつけよ」

聖沢は笑って、ノートPCに接続した、小さなスピーカーを指す。

「遊び半分じゃなきゃ、こんな曲は流さねぇ」

スピーカーからは抑えた音量で、スコット・ジョプリンのラグタイムが流れていた。昨日、たまたま安売りされているのをみつけて購入したCDだ。

ちょうど曲が、切り替わる。流れ始めたのは「ジ・エンターテイナー」だ。試験が始まって、六度目の「ジ・エンターテイナー」。私はPCの画面の左下にある時刻表示に目を向ける。二三時二九分。このCDは六三分で一巡する。リピート再生にしたままだったから、私は六三分に一度、この曲を聴くことになった。

ドアを開く前にそれを停止しておかなかったのも、ミスといえばミスだ。「ジ・エンターテイナー」は私が大好きな映画のテーマ曲だが、今となっては、その明るい曲調にさえ苛立つ。初めてその映画をみたとき、隣には市倉もいて、そのことを思い出してまた泣きそうになる。

早くすべてを終わらせてしまいたかった。

「おめでとうございます」

私は社員証を差し出す。

聖沢がそれを受け取って、首を傾げる。

「で、あの死体はどうすんだ?」

もちろん警察に通報する。ここのデータを持って。

だが、それは「今夜」が終わってからだ。

「上司に相談いたしますが、事故として処理することは間違いありません。この件で、貴方の採用が取り消されることはありません」

「そりゃよかったよ。じゃ、任せた」

聖沢は社員証をポケットに突っ込み、こちらに背を向けた。彼の足音が遠ざかっていく。残されたのは私と、手の中の採用通知と、それからドアの前の市倉真司だけだった。

私はPCを操作して、耳障りな「ジ・エンターテイナー」を止めた。

それから、市倉に歩み寄る。

ともかく彼を、部屋の中に運び込もうと思った。

※

超能力者は孤独だ。

だって超能力なんてもの、生きていく上では重荷にしかならないのだから。

超能力が世間にみつかったとき、それは悲惨な結果にしか辿り着きようがないのだと、私は幼いころに理解した。幼稚園や小学校といった小さなコミュニティで、理屈ではなく実感として感情に刻み込まれる。友人だと思っていた少女が「気持ち悪い」と言った声が、信頼していた先生が「嘘をつくな」と呆れた表情が、ひとつひとつ深い傷になって超能力を隠すことを強制する。

いつ、超能力を隠そうとはっきり決めたのかは覚えていない。でも小学校の低学年のうちにはもう、超能力を他人に知られてはいけないとはっきり理解していた。

私の場合、いちばんのきっかけになったのは両親だ。優しい母と父は、初め超能力を、まるで受け入れているかのようだった。でもそれは頭から超能力なんてものの存在を信じていなかったからできることなのだと、やがてわかった。よく子供たちが口にする、幼い目にしかみえないファンタジックな出来事のひとつ――短くまとめてしまえば私の想像でしかないと考えていたから、ふたりは平常心を保ったまま私に接することができた。

でもその偽物の平穏は、長くは続かなかった。だって私は実際に、超能力を持っているのだから。先に私が本物の超能力者だと気づいたのは母の方だった。父は頑なにそれを認めようとはしなかった。けれど同じように、ふたりが私をみる目が変わった。両親がはっきりと怯えた目で自分をみつめている。そんな経験がある子供が、いったい何人いるだろう？　ふたりは夜ごとに言い争うようになり、その内容は半分も理解できなかったけれど、私はともかく超能力を隠すことに決めた。

それはずいぶん難しいことに思えた。だって私は何度も、彼らの前で超能力を使っているのだから。でも実際には、ひどく簡単だった。たったひと言、嘘をついただけだ。両親に、「もうできなくなった」と告げて、それですべてだった。ふたりは自分たちに強力な暗示をかけたように、私にはもうなんの能力もなくなったのだと信じた。ほどなく、私がかつて超能力を使っていたことさえ、忘れてしまったようだった。

私はそれで、とりあえず安心した。家庭は平穏を取り戻し、そしてふたりはまた優しい目で私をみてくれるようになったのだから。

けれど幼い子供にとって、あるものをないと信じて暮らすことはそれなりに苦痛で、そのせいだろうか、私は他人とコミュニケーションを取るのが苦手な子供になった。今となっては不思議でさえあるけれど、当時は「隠し事がある」というのが、友人を作るのに大きな心理的な障害になっていた。ひとつだけ隠したまま別のことを話すのが幼い子供には難しいのかもしれない。あるいは、「隠し事」への罪悪感は、本来は思いのほか大きいものなのかもしれない。私は超能力を隠し通すと決めたころから、すべてのクラスメイトに対して口を閉ざすことを選んでいた。

だから市倉真司と仲良くなれたのは、奇跡的なことだったのかもしれない。夏休みの朝のラジオ体操でたまたま顔を合わせた同年代の男の子が私に話しかけてくれた、その程度のことが、当時小学四年生だった私にとってはひどく特別に感じられたのだろうと思う。彼が違う学校に通っていたというのもよかった。私は普段よりもずっと素直な言葉で、彼と話をすることができた。

市倉真司は優しい少年だった。語彙が豊富だとか、受け答えの速度だとかで、子供がふいに大人っぽくみえることがある。彼はただ優しいというだけで、なんだかほかの男の子たちよりもずいぶん大人びていた。たとえばひとつしかないキャンディを差し出してくれた。私の言葉に丁寧に頷き、「今日はなにをして遊ぶ？」なんて話ではこちらの意見を尊重してくれた。

犬のこともそうだ。

小学四年生の冬、私が飼っていた犬がいなくなったとき、彼は当たり前のように私の隣にいてくれた。泣き出しそうな私を辛抱強く慰めてくれた彼は、たしかに理性的で、大人びてみえた。

彼が超能力のことを口にしたのも、あの日が最初だ。

「大丈夫だよ」

小さな咳払いをして、彼は言った。

「オレには超能力があるんだ。やばい未来がみえるんだよ。今はなにもみえないから、シドは無事ってことだ」

彼が言う通り、私の飼い犬――シドは無事にみつかった。まだ生まれて一年も経っていなかったころだ。シドは当時身体が弱く、冬の街をさまよったせいだろう、しばらく鼻をぐずぐずとさせていたものだ。彼女を病院に連れていくのにも市倉は付き添ってくれた。待合室で怖がるシドを、ふたりで必死になだめたものだった。

彼と私の安らかな関係は、三年ほど続いた。

私は彼もまた本物の超能力者なのだと信じていた。だから彼の前で、何度か超能力を使ったことがあった。超能力のことは秘密にしてね、という私の言葉に、彼は頷いて答えた。

「約束するよ」

市倉の表情は真剣だった。私にはとても誠実にみえた。

「オレは約束を守る。仲秋が悲しむようなことはしない」

私は超能力について市倉に打ち明けたことで、彼との関係が永遠に続くものだと勘違いしていた。ただのふわふわとした友達ではなくて、ずっとひとりきりだった私にできた初めての親友でもなくて、秘密を共有する共犯者じみた関係に、なんだか安心していた。

三年間――あの秋の終わりを迎えるまでに、私はおそらく、その気になれば彼の嘘に気づけたのではないかと思う。ほんの少しでも疑念があれば、彼が超能力者だということが一度も証明されていないのだとわかったはずだ。けれど私は盲目に、彼の嘘を信じ続けていた。きっと、「秘密を共有している」という安心感を捨てることができなかったから、彼を疑おうとしなかったのではないか。

でも彼に能力がないことは、八年前、あの秋の終わりに証明された。

シドには母犬がいた。ソラという名前の犬だった。ソラの子供だからシド。もちろん音階からとったもので、あまりに子供っぽくて笑ってしまう。

ソラは落ち着いた犬だった。散歩の途中で他の犬とすれ違っても吠えることもなかった。いつも私の片脇を行儀よく歩いていた。だから私は油断していたのだが、シドを捜しまわったあの冬から三年ほどたったころ、今度はソラの方が逃げ出してしまった。数日前から体調が悪そうで、病院に連れていくためにリードを外したとたん、嘘みたいに若々しく元気よく駆け出していったのだ。

シドを捜した日を思い出して、私はすぐに市倉を頼った。

「大丈夫だよ」

とあのときも市倉は言った。

「オレには超能力があるんだ。やばい未来がみえるんだよ。今はなにもみえないから、ソラは無事ってことだ」

でも、ソラはみつからなかった。

いや。正確には、遺体でみつかった。市倉と近所を散々歩き回ったあと、日が暮れて、ソラが自力で家に帰ってきているのではないかなんて考えて、一度帰宅したときだった。近所の人が教えてくれたのだ。道端で倒れていた犬がソラに似ていた、と。

私たちはそこに駆けつけた。ソラはすでに冷たくなっていた。

市倉に向かって、私は叫んだ。

「嘘つき」

彼は、超能力なんて持ってはいなかったのだ。私を騙し続けていたのだ。

市倉に会うよりも前、私がクラスメイトに口を閉ざしていたころから隣に居続けてくれたソラが死んだのと、市倉の嘘を知ったのは同じ日だった。それはずいぶんなショックで、私はしばらくふさぎ込むことになる。そのあいだ、市倉は何度か私の家を訪ねてきたけれど、彼には会わなかった。母親に追い返してもらっていたわけだけれど、一度だけ彼は、手紙を持ってきたことがあった。直接会うのは諦めたのだろう。

——ごめん。オレは、嘘をついていた。直接会って謝りたい。

とそこには書かれていた。

それでも私は、彼には会わなかった。顔を合わせて、どんな話をすればよいのかわからなかったのだと思う。やがて私が引っ越すことになって、それっきり彼との関係は途絶えてしまった。

なんて愚かなのだろう、と今となっては思う。市倉は優しい少年だった。

——オレには超能力があるんだ。

あの言葉も、私を慰めるための嘘だったのだろう。

もしも私が本物の超能力者でなければ、中学生にもなってその言葉を信じ続けることなんかなかった。私のために男の子がついてくれた優しい嘘のひとつとして、素直に受け取ることができたはずだ。もしも私が市倉の前で超能力を使ってみせなければ、彼が繰り返し超能力者だと言うこともなかったかもしれない。

彼は優しいのだと知っていた。彼は私のために嘘をついてくれたのだと知っていた。ソラの遺体をみつけたとき、彼に向かって「嘘つき」と叫んだあの瞬間にだって、そんなことはわかっていた。謝るのはこちらの方だとわかっていたのに、そうすることができないまま、私は彼の前から姿を消した。今夜の試験に彼が参加するとわかったとき、すぐに電話をかけることもできたのに、結局は小さなレンズからこっそりと彼の動向を覗きみているだけだった。

――私は、彼に会いたかったのだろうか?

きっと、会いたかったのだろう。

私は自作した秘書機能アプリケーションにソラと名づけ、私の代わりにシドをナンバー3として登録した。名前も変えなかった。もちろんそこには、具体的な理由がある。ソラとシドの名前に繋がりを感じるのは自然だろう。おまけにソラは明確に、動物を傷つけることを――とくに犬を傷つけることを禁止している。能力もプロフィールも秘匿されていることも含めて、シドがハルウィンと関係があるのだと疑って欲しかった。この試験にシドを巻き込んだのは私だ。万に一つでも彼女が傷つくことがあってはならない。

でもその裏側に、市倉だけは私の存在に気づいて欲しいという感情があったのも、今となっては間違いがないように思う。つまらない意地か、あるいは底抜けに臆病だからか。彼が死ぬまで、私はそんなことにさえ無自覚だった。

市倉の手前にしゃがみ込む。

彼を引きずるのには抵抗があったが、このまま通路に放置しておくわけにはいかない。ドアを閉めて、そこに鍵をかける必要もある。

市倉の顔にかかったジャケットをつかんだ。そのとき、拍手の音が聞こえた。

2　23時35分

背筋が震えた。いつの間にか、通路の先に男が立っていた。

いかにも怪我人といった風な、スーツを着た初老の男だ。

頭に包帯を巻いており、右腕がギブスで固められ、肩から三角巾で吊られている。その他は六〇代の半ばほどの、どこにでもいる男性にみえた。

――加藤仁。

無意識に、喉がごくりと鳴った。

彼は皺の目立つ顔で穏やかに微笑んで、拍手を続けながらこちらに歩み寄る。私の目の前で足と拍手を同時に止めて、言った。

「素晴らしい。今夜の試験の参加者は、想定以上に優秀な人たちでした。その中でも貴女は飛び抜けていましたよ、仲秋美琴さん」

最悪だ。あってはならないことだ。だが、加藤仁は唯一、私の仕掛けに勘づける立場にいた男だ。初めから、私がもっとも警戒していたのは加藤だった。

彼はゆっくりとした歩調で私の隣を抜けて部屋に入り、奥の椅子に腰を下ろした。目の前にずらりと並んだモニターを眺めて、首を傾げる。

「美しくさえある。なんて効果的な嘘なのでしょう。貴女はソラというありもしない進行役を用意して、今夜の試験のルールを捻じ曲げた。試験で誰が勝ち残っても、最後に『係員』の貴女に自ら採用通知を差し出すように仕向けた。貴女はここで採用通知を受け取り、あとは鍵をかけて閉じこもっていればいい。それだけで、勝者は貴女です。だってハルウィンが用意していた本物の勝利条件は、日づけが変わる瞬間に、採用通知を手にしていることだけなのだから」

その通りだ。

方法がわかれば、単純な仕掛けではある。でも私は今夜の計画に、絶対的な自信を持っていた。だって他の参加者たちとは、持っている情報の量が違ったから。ソラは今夜の試験に詳しすぎる。参加者の簡単なプロフィール、能力の情報、舞台となる街、試験内容そのものも。すべて理解していなければ、ソラは作れない。あれが可能なのはハルウィンやブルーウォーカーで今夜の試験を担当している人間か、あるいはそれと同等の情報を手にしている誰かだけだ。

もちろん私は、前者ではない。

加藤が言った。

「ナンバー3、仲秋美琴。能力はハッキング——電子回路を持つ物を操る能力者。対象を視界に入れるか、あるいはネットワークを介して効果を発揮する。極めて実用的な能力です」

採用試験が世の中に告知される前に——そもそも企画が立ち上がる三か月も前に、私はハルウィンとブルーウォーカーのコンピュータをハッキングしていた。採用試験のことを知ったのは、偶然でしかない。たまたま加藤が送ったメールを目にしただけだ。でも別の見方をすれば、必然だったともいえる。私はハッキングを繰り返し、ハルウィンとブルーウォーカーのデータにアクセスしていた。

つまり内部の人間とほぼ同じだけ、私はこの試験に関する情報を持っていた。採用試験が世間に公表されるよりも先に最終試験の内容を知り、ソラの制作に着手した。これほどまでに有利な立場の参加者を、誰が想定するというのだろう?

私の思惑に気づく可能性があるのは、初めから加藤仁だけだった。ハルウィン傘下、ブルーウォーカー特殊人材研究所所長——いや、元所長。この男だけが怖かった。

おそらく加藤も今夜の最終試験の内容は、正確には知らなかったはずだ。試験の概要を作ったのは加藤だが、彼はブルーウォーカーを辞めている。その後の経過を追っていなかったなら、突貫(とっかん)工事でソラが作られたと考えてもおかしくない。しかしなんらかの方法で、試験を運営するブルーウォーカーのデータを手に入れることができたかもしれない。加藤に手を貸す内部の人間もいたかもしれない。だとすれば、ブルーウォーカーがソラなんて作っていないということは、簡単にわかる。

　おかしいと思っていた。試験開始直後の彼の行動から、すべてを疑うことはできた。

「貴方は、自分の意志でホテルから飛び降りたのね？　ソラの嘘に気づいていたから、スマートフォンを手放すことに躊躇いなんてなかった。怪我をしたふりをして、さっさと今夜の最終試験の争いから脱落したふりをして、この瞬間だけを狙っていた。ブルーウォーカーには貴方の仲間がいる。貴方だけは初めから、今夜の試験の本当のルールを知っていた」

　私の手は彼に筒抜けだったのだ。

　だが加藤は首を捻る。

「まったく違います。ハルウィンもブルーウォーカーも頭の固い企業でね。私に協力するような人間はいない。怪我をしたのもふりではない。つい先ほどまで、すぐ近くの病院にいましたよ。おわかりですか？　私も、本物の超能力者です」

　ナンバー1、加藤仁。

　ハルウィンのデータには、彼の超能力はフォーサイトという名前で登録されていた。未来予知能力の一種であり、行動の結果を事前に知ることができるとあった。

　彼は楽しげな笑みを浮かべて、両手を広げる。

「私は未来をみていたのですよ。ただ、未来だけを知っていたのです。私の能力は、少々複雑でね。因果関係がみえるとでもいいましょうか、直近の未来と、その結果が同時にわかるのです。不思議ですねぇ、私はホテルの窓から飛び降りれば、こうして貴女に会えると知っていました。あいだのことはわかりません。真下にナンバー4と7がいることも知らなかった。でも、起点と結末だけはわかる」

状況は想定した中で最悪だ。でもまだ、想定外ではない。

――加藤は嘘をついている。

ここからはわずかにも間違えてはならない。私は切り出す。

「私がどうしてブルーウォーカーのコンピュータをハッキングしたか、わかる?」

「いいえ。ですが、推測は立っています」

「へぇ、教えてもらえる?」

「ハッキングで貴女はふたつだけ、痕跡を残しました。たったふたつだけです。そこにヒントがあると、私は考えました」

私はまた唾を飲む。

――加藤は、どこまで理解しているのだろう?

今のところ、彼の言葉に間違いはない。

「おそらく貴女が能力を使ってこちらのコンピュータを覗くだけであれば、痕跡は残らないのでしょう。痕跡が残るのは、こちらのデータを抜き出すときです。貴女の能力で可能なのはコンピュータにアクセスするところまでで、それ以上――たとえばデータを別の場所に転送したければ、通常のハッキングと同じようなアクションが必要になる」

「ええ。当たっている。それで?」

「ブルーウォーカーから抜き出されたデータは二件だけ。経理部が管理している預金データと、私がハルウィンCEOに宛てて送ったメールだけです。携帯電話で撮った写真一枚ほどもない小さな容量のデータですが、あれが外部に出ると、私としては少々、困ったことになります。おわかりですね?」

私は頷く。

「ハルウィンからブルーウォーカーを通って、莫大な金が消えている。ざっと一二〇億ほど。研究のために外部に投資したとなっているけれど、行き先の実態がつかめない」

「でも貴女は、その行き先を推測できた」

「どうかしらね。いちばん説得力があるのは、貴方の個人口座だけど」

「つまり私が横領している、と」

「ええ」

「それは、嘘です。貴女はこう考えた。都市伝説通りに、ハルウィンは極秘裏に超能力者の研究をしている、と。あのメールを読んだなら、わからないはずがない」

その通りだ。

──ハルウィンには、不穏な噂がある。

何人もの超能力者を拘束し、非人道的な実験を続けているという噂だ。もちろん馬鹿げた話だ。でも、超能力者が実在することを、私は知っている。なぜなら私自身が超能力者だから。

噂が真実だとすれば、放置はできない。

だから私はハルウィンのコンピュータをハッキングした。超能力者の痕跡を追って、ブルーウォーカーという子会社に辿り着いた。そこで不審な金の動きと、断片的な超能力研究のデータを手に入れた。

加藤仁は超能力者ではない。

おそらく、超能力を持つ人物を協力者にしているだけだ。フォーサイト。未来をみる能力者。それは資料では「被験者」あるいは「彼」と表現されていた。

あの一二〇億は、その人物の研究に使われたのだ。だがハルウィンはそれを公表していない。なぜ、隠す必要があるのだろう？　考えるまでもない。研究の内容が、世間には公開できないものだからだ。噂は真実なのだと、私は確信した。

加藤は首を傾げた。

「ひとつだけわからないことがあります。ハルウィンとブルーウォーカー、そして超能力者の関係についておおよそ予想がついている貴女が、どうしてこの採用試験を受けたのでしょう？　危険だとは思わなかったのですか？」

「安全だって確信があったのよ。どうしてハルウィンはいまさら、超能力者を探していることを大々的に告知したのか。きっとハルウィンは超能力者の研究に関して、すでにある程度の成果を得ている。でもそれを活用するには、超能力者のことを世間に公開する必要がある。もちろん、これまで非人道的な研究の対象にしてきた超能力者を表に出すわけにはいかないわよね？　だからもうひとり、超能力者が必要だった。あくまで健全に、この人物から取ったデータですよと言える超能力者が。つまり年間八〇〇〇万は、これまでの研究成果を世に出すために用意された予算だった」

「なるほど。だから今夜の試験で採用されるひとりは、本物の超能力者だとしても安全だと考えたわけですか」

「ええ。適当な研究に参加するだけで年収八〇〇〇万なら、充分に魅力的よ」

「面白い、面白い。ずいぶん豊かな想像力ですねぇ」

加藤はまた、楽し気に手を叩く。

「もしもここで私が、その通りです、とでも言えば、貴女の目的はとりあえず達成なのでしょうね」

その言葉に再び、背筋がぞくりとした。

――知っている。

加藤は私の目的を、正確に理解している。

「私にはわかりますよ、仲秋さん。貴女の目的は、告発でした。今夜の試験でハルウィンに潜り込んで、超能力者が虐(しいた)げられていたというデータを世に出すことでした。まったく、素晴らしい正義感ですねぇ。でも私がここに現れたことで、貴女は目的を変えた。ハルウィンに採用されることを諦め、代わりに私から証言を引き出すことにした。この会話はすべて録音されていると考えるのが妥当だ」

思わず口元が引きつる。

——加藤は、いったい私をどうするつもりだ？

思考が上手くまとまらない。思えばこの会話自体が、奇妙ではあった。彼がべらべらと情報を喋る理由なんてない。私からさっさと採用通知を奪い取ればいい。——いや、それがもう間違っているのか？　彼の目的は、採用通知ではない？

「答えを教えてあげましょう。貴女の推測は——」

頭に巻いた包帯の下で、加藤は醜悪に笑う。

「まったくの大外れです。根本的に間違えている。ハルウィンは超能力者を発見しておらず、今夜の試験はただのジョーク企画として社内では通っていて、超能力の実在を少しでも信じているのはトップのただひとりだけ。そしてその人物は、私に騙され続けている。虐げられた超能力者なんてものはひとりも存在していません。なんと、あの金が消えた先は、最初に貴女が言った通りに私の銀行口座だったのです」

なんだ、それ。あり得ない。だって。

あのメールには、たしかに——

加藤は続ける。

「ハルウィンが超能力者を探しているのは、本当。そして、これが大切な点なのですが、私が超能力者だというのも本当です。でも、そんなことハルウィンには伝えていません。私はただ超能力者を探しているふりをして、いちおう迷彩として超能力者を研究しているような痕跡を用意しながら、実際にはせっせとブルーウォーカーに流れてきた金を私の口座に移し替えていただけなのです。メールに書いた『彼』なんて実在しないのですよ。私の能力のデータを一部、他人のものとして教えてあげていただけです。より多くの予算を引き出すためにね」

皺が強調された、気味の悪い表情で、加藤は笑い続けている。

「貴女はもう少し、注意深くなるべきでした。この採用試験が開かれたタイミングを疑うべきでした。ほかのデータは丁寧に消していたのに、あのメールだけが貴女にも閲覧可能だったことを疑うべきでした。これだけ言えばもう、おわかりですね？」

繋がった。

ようやく、理解できた。なんてことだ。すべて無意味だった。初めからすべて。私よりもずっと前から加藤は嘘をついていた。今夜の採用試験そのものが嘘だった。他のすべての参加者を騙し、ハルウィンを騙し、すべてを支配していたのは加藤だった。

「今夜の採用試験は、私を呼び出すために計画された」

加藤はうなずく。

「ええ、その通りです。目的はもちろんおわかりですね？　安全に貴女の口を封じるためです。だって貴女は私の、横領の証拠を手にしてしまったのだから。存在しない『虐げられた超能力者』なんてものを勝手に信じ込んで、そのデータを世の中に公表しようとしているのだから」

ふいに彼は、笑みを消した。

包帯の下から獣のような瞳でこちらを睨みつけて、言った。

「ずっと会いたかったよ、仲秋美琴。ずいぶん苦労させられたものだ。まったく、忌々しい。私の平穏で幸福な老後を脅かそうというのだから。それで余計な骨を折らされた。でも、仕方がない。こうすればお前を綺麗に消し去れると、私の能力が言うんだよ」

なんて、ことだ。

加藤はポケットに手を突っ込んだ。そこから銃を抜き出し、銃口を私に向けた。

今夜の試験は、ただこれだけのために用意された。紛いもなく、加藤は私に殺意を向けている。そうでなければ彼がべらべらと真相を語るはずがない。今後、私から情報が漏れることはないと、この男は信じている。

——私はここで、死ぬのか？

市倉と同じ日に。彼の隣で。それはなんだか運命じみているような気がした。だが、素直に受け入れるわけにもいかない。

加藤の手元から、かちり、と安全装置を外す音が聞こえた。

私は彼に背を向けて駆け出す。

混乱していた。混乱を自覚していた。銃を、銃口を、あの暗くて深い穴をみたのは、当たり前だが初めてのことだった。そこには説得力があった。死への説得力があった。加藤の表情や言葉や感情よりもよほど、無機質の暗い穴に殺意を感じた。

くそ、どうする？　決まっている。このビルから逃げ出すのだ。エレベーター？　いや、ドアが開くのを待っているあいだに撃たれるだろう。なら階段だ。階段は非常口の電光掲示の向こうの、白く重たい扉の先にある。私は息も吸わずに走り、全身を預けるようにしてその扉を開く。

階段は上下に、折れ曲がりながら続いている。右手が下り、左手が上り。再び駆け出そうとしたとき、鳴き声が聞こえた。シドの声だった。

反射で、私はその声を視線で追っていた。そちらに足を踏み出していた。左側――上り階段だ。どうして？　下に逃げた方がいいに決まっているのに。でも、シドの声が私を導いているような気がした。そうだ、誰だって下に逃げようと考えるのだから、上に逃げた方がみつかりづらいのかもしれない。距離をとれば警察に電話をする時間も生まれるかもしれない。シドに従おう、と決める。階段を駆け上がる。空気がひどく粘り気をもっていた。手足を動かしづらい。息を吸いづらい。呼吸が荒くなる。鼓動がどくどくと打つ。身体中が死を感じている。背後で重たいドアが開き、閉る音がする。すぐに加藤がやってくる。

あの男の足音は聞こえなかった。屋上に近づくに従い、別の音が聞こえてきた。ばらばらとうるさい、ヘリの音だ。

――聖沢？

彼のヘリが、まだいるのか？

思いつく。冴えている。この状況で、聖沢は利用できる。あいつはまだ私がハルウィンの社員だと信じているのだから。パズルがぴしりとはまった感触が、確かにあった。奴のヘリに乗ろう。受験者のひとりが不採用になったせいで暴走したと告げよう。そのまま警察に送り届けさせて、加藤のことと一緒に聖沢が市倉を殺したことも通報しよう。逃亡と復讐を同時に成し遂げるのだ。きっとシドの鳴き声が、そうしろと言っている。

思いついたとたん、身体が軽くなったような気がした。

七階を越えて、屋上のドアを押し開ける。正面から強く風が吹く。息が吸いづらい。髪が暴れる。ばらばらとヘリの音がうるさい。それに交じってシドの鳴き声が聞こえる。私はシドが入っているキャリーケースに駆け寄る。その先、フェンスのぎりぎり手前に縄梯子がまだ垂れ下がっている。そして、縄梯子の隣に誰か立っている。

日比野瑠衣。

「こっちだよ」

と彼女は言った。ほとんどプロペラの音にかき消されていたが、たぶんそう言ったのだと思う。

なんだか悲しげな、真剣な表情だった。私はシドのキャリーケースをつかみ、日比野に駆け寄って告げる。

「私はハルウィンの人間です。受験者のひとりが――」

「黙れ」

彼女は右手で、私の腕をつかむ。

「本当に嫌なんだ。こんなのしたくないんだ。でも」

近くでみると、彼女の瞳には涙が溜まっていた。

3　23時44分

次の瞬間、私の身体は空中にあった。

視界の中で屋上の端のフェンスがひどくゆっくりと上空へとせり上がっていった。

落ちる。――落ちている。

私は落下していく。少しずつ速度を増しつつある。どうして。怒りも悲しみもなく、ただ混乱して、視線を上げた。そして「彼女」と目が合った。直後に理解する。

日比野瑠衣。あいつが、やったんだ。

私はこのまま死ぬのだ。ほんの数秒後に、冷たいアスファルトにぶつかって死ぬのだ。もし奇跡的にこの落下を生き延びられたとしても、間もなく死ぬことに変わりはない。どこにも逃げ道はなく、私の運命は初めから定まっている。すべて、予定されていたのだ。私は死に、そして完全に、この世界からいなくなるのだ。痕跡のひとつも残らず、いなかったことになるのだ。

不思議と涙は流れなかった。走馬灯なんてものもみなかった。七階建てのビルの屋上から地面までを、最短距離で効率的に移動するあいだ、私が考えたことはひとつだけだった。

市倉真司。

犯人は、市倉真司だ。

彼が。ああ、彼が。すべてを計画し、私をこうやって殺すのだ。ああ、ああ、いまさら後悔しても、もう遅い。いまさらすべてに気づいても手遅れだ。

すべてを騙していた気でいた。この夜、もっとも周到なのは私なのだとほんの少し前まで信じきっていた。だがそうではなかった。なんて愚かなのだろう？　私は騙されていた。いつの間にか主導権を握っていたのは、加藤仁でさえない。この夜の結末は、市倉真司が計画した。

目の前をいくつかの窓が流れていく。ほんの一瞬、視界に加藤の姿が入った。彼は二三台のモニターが並んだ部屋で、カーテンを開け放ち、私が死に行く様を眺めている。加藤は私を追ってはいなかった。だがもう私の興味は加藤なんかにはない。市倉真司。錯覚だろうか、ドアの前に倒れた彼が、わずかに動いたような気がした。

――その窓から仲秋が落ちるのがみえる。

と、市倉は言った。日比野に向かって、彼の能力を語ったときのことだ。私はその言葉の意味を取り違えていた。私が窓から落ちるのだと思っていた。だから現実的には起こり得ない嘘だと判断した。だって窓ははめ殺しで、わずかにも開かないのだから。でも違った。私が落下する姿が、窓の向こうにみえる。そういう意味で彼は言ったのだ。

市倉の言葉に嘘はなかった。それは、当たり前だともいえた。だって、私がここを落下することは、彼自身が仕組んだのだろうから。

なんて、嘘だ。いつの間に、こんな計画を立てたんだ。

もう目の前に、アスファルトが迫っていた。

私は誰を恨めばいいのだろう？　市倉？　日比野？　やはり加藤？　それとも、誰も恨んではいけないのだろうか？　奇妙な超能力だけを、恨むしかないのだろうか？

ああ、ああ、こんなことなら。生まれてきたくはなかった。

私は目を閉じる。

※

悲鳴が聞こえた。

通行人の誰かが上げた悲鳴だったのだと思う。

アスファルトにぶつかって、私は死んだ。完全に、死んだ。

4　23時47分

笑い声が聞こえていた。

それほど大きなものではない。だが嫌に耳に障る、人を馬鹿にしたような笑い声だ。その声の中で、市倉真司は身体を起こし、咳払いをして言った。

「みんな、予定通りか?」

加藤の笑い声が止む。

「おや、生きていたのですか」

だが市倉は、その言葉には答えなかった。一方的に話を進める。

「仲秋を殺すだけなら、きっとこんな大掛かりな用意をする必要はなかったんだ。お前はもっと完全な殺人を狙っていた。直接手を下すことなく、仲秋が事故死することが、お前の目的だった。因果関係がみえるんだったか? お前は今夜どう振る舞えばあいつが勝手に死ぬのかを知っていたんだ」

「よくおわかりですね。彼女との会話を聞いていたのですか?」

「それもある。でも」

市倉は軽く、辺りを見回す。

「オレもこの未来をみていた。たぶん、お前とまったく同じ景色をみていた」

市倉真司の超能力。メッセージ、という名前で登録されていた未来視能力は、本物だった。

薄暗いビルの一室。大きな窓。月の写真というのは、穂積のスマートフォンのモニターに映った夜空のことか。すべて市倉が話した通りになっている。

「窓の外を、仲秋が落ちていく。それをお前が、部屋の中からみている。なら直接手を下すのはお前じゃない。真相を語って、銃をちらつかせて。仲秋を混乱させて屋上から落ちるように仕向けるのが、お前の計画だった」

　余裕のある口調で、加藤は答える。

「そして、その未来が現実になるなら、貴方もここを訪れることになる。彼女が落下するときに、貴方がそこに倒れていることを、私も知っていましたよ」

「ああ。だから、オレは死んだふりをした」

　加藤がまた、小さな声で笑った。

「ずいぶんクレバーじゃないですか。つまり貴方は、彼女を見殺しにしたわけだ」

「オレが殺したようなものだよ。でも、必要なことだった」

「採用通知を手に入れるために、そこまで。貴方もまた素晴らしい」

　加藤の声は、むしろ楽しげでさえあった。

「ソラが仲秋美琴の嘘だったのだから、試験はまだ終わっていない。採用通知は、ほら、ここにあります。日づけが変わるまで、あと一五分ほどですね。それまでに私から採用通知を奪い取れれば、貴方の勝ちです」

「そんなことは問題じゃない」

「たしかに。私はもう、ハルウィンとは手を切るつもりですよ。懐に入った一二〇億と少しで、もう充分。こんなもの欲しいならさしあげます」

　市倉は右頰に手を当てた。

　それからふいに、話題を変えた。

「なあ、どうして間違えたんだ？」

「間違えた？」

「お前は左頬を怪我すると言った。でも実際は、右頬だった」

「ただの勘違いですよ。私にみえる未来は、残念ながらほんのわずかな時間です」

「だと思ったよ。オレもそうだから」

市倉は息を吐き出す。それはため息に似ていたが、どちらかというと安堵の息だったのだろうと思う。

「この傷がついてから、お前がみた景色を想像したんだ。仲秋が落下するとき？　違う。オレが知っていた未来じゃ、お前はずっと窓の外をみていた。きっと、お前は別の未来もみていたんだ。それは、左右を見間違えるような光景だった」

少し苛立った様子で、加藤は言った。

「どうでもいいことでしょう？　ほら、さっさとこの採用通知を持って消えなさい」

市倉は続ける。

「まず思いついたのは、鏡だった。お前がみた未来のオレは、鏡に映っていたから左右が反転していたのかもしれない。そう考えたが、しっくりこなかった。鏡に映ったオレをお前がみる未来を想像できなかったんだよ。でもね、運が良かった。スマートフォンは内側にもカメラがついている。それで傷を確認したら、まるで鏡みたいだったよ。左右が反転していた」

加藤はほんの短い時間、沈黙した。

それから尖った声を出した。

「なにが、言いたい？」

「お前はこの部屋を知っていたんだ。仲秋が死ぬ未来の景色から、あいつが隠れているのがここだってわかったんだ。オレはドアの前に倒れていた。だから未来をみても、充分な手がかりがなかった。でも、お前は窓の前に立っていた。だから周囲の景色をはっきりとみた。未来視で得た情報から、この部屋を割り出して、仲秋よりも先にここにきた。そしておそらく、隠しカメラをセットした。そのカメラ越しに、そこにあるモニターをみて、オレが頬に傷を負うことを知った。でもそれはスマートフォンの内側のカメラが映したものだった。だから左右を間違えた」

「ええ。その通りですよ。だから？」

「隠しカメラは今もまだこの部屋にあるはずだ。回収するタイミングはなかった」

「だからどうしたというのです？　私の目的はもう達成した。あとはホテルに戻って眠るだけだ。貴方のつまらない推理ごっこにつき合う理由なんてない」

いや、重要なのだ。

きっとこれがなによりも重要なことなのだ。役割をはっきりと、理解した。

市倉は告げる。

「わからないか？　オレは知っていたんだ。ソラの目を通してみえるものを、仲秋だけじゃなくてお前まで知っている。そのことに気づいたんだ。だからオレは、演じ続ける必要があったんだよ。カメラの前で必死に演技をしながら、ひとつひとつ、その目を壊していく必要があった」

ようやく気づく。

——あのときだ。

不思議だと思っていたんだ。なぜ彼が、あんな行動を取ったのか。

私は思わず口を開く。

「貴方は海辺の倉庫で、三〇分眠った。あれが、嘘だったのね？　あのとき、貴方はスマートフォンをテーブルの上に置いていた。レンズに映っているのは天井だけだった。貴方はすぐ隣で眠っているふりをして、離れた位置で高橋や桜井と情報を交換した。あの三〇分間で、すべての計画を立てていたのね？」

単純な方法だ。なんて愚かなのだろう？　私の思考は私自身が設定したルールに縛られていた。つまり参加者はソラをインストールしたスマートフォンから離れられない、と思い込んでいた。でも違うのだ。ソラそのものが私の嘘だと理解していたなら、あのとき市倉がスマートフォンから離れることを躊躇う理由はない。

加藤が叫び声を上げる。

「どうして、お前がいる？」

もう隠れている必要もないだろう。命の危険も、すでに感じない。市倉真司の予定通りに。あるいはそれ以上に、加藤はもう追い込まれている。

私は一歩、市倉に歩み寄った。開いたドアの前に立つ。きっとこれで、加藤からも私がみえただろう。だがそんなことは関係なかった。あんな男のことなど、どうでもいい。

市倉だけをみて、言った。

「ごめんなさい。八年前、私は貴方を信じられなかった」

市倉は微笑む。

「オレも、ずっと謝りたかったんだ。八年前、嘘をついた。本当はあんなこと、するべきじゃなかった。それから――」

謝るなら日比野に言ってくれ、と彼は言った。

※

ほんの、五分ほど前のことだ。

屋上のフェンス際で、私の右手をつかんで日比野は言った。

「本当に嫌なんだ。こんなのしたくないんだ。でも」

近くでみると、彼女の瞳には涙が溜まっていた。

「私はたぶん、このために試験に参加したんだよ」

日比野は左手を、フェンスの向こうに突き出す。その手の先に、私が生まれた。その私は宙に浮かんでいるようだった。でも直後に重力に引かれて、フェンスの向こうを滑り落ちていった。

一瞬、「彼女」と目が合って。落下するもうひとりの私と目が合って、理解した。

――屋上には、血の跡がない。

市倉はここには落下していない。いや、違う。確かに落ちた。ソラの目を通して、その様を私はみた。でも消えたのだ。きっと数秒後に消えてなくなったのだ。フェイク。なんて能力だ。ほんの短い時間だったとしても彼女は、人間でさえコピーできる。

下から悲鳴が聞こえた。通行人の誰かが上げた悲鳴だったのだと思う。

アスファルトにぶつかって、コピーされた私は死んだ。完全に、死んだ。だがフェンスから身を乗り出しても、その痕跡はすでにみつからなかった。コピーしたもののサイズによってまちまちだが、日比野の能力は時間経過で消える。

隣で日比野は、ぼろぼろと泣いていた。まるで幼い少女のようだった。

「人をコピーするのは、もう嫌だ。すぐに死んじゃう人を創るのなんか嫌だ。こんなことしたくないのに、市倉がやれって言うんだよ。あいつも殺した。あんたも殺した。もう嫌だ。こんな試験、参加しなきゃよかった」

しばらくひとりにしてよ、と、日比野は言った。

※

きっと今夜の試験の開始時、もっとも「騙される側」だったのは市倉だろう。ほかの誰もがそれぞれの目的を達成するため、それなりの準備をしてこの試験に臨んでいた。市倉だけが、なんの事前準備もなく今夜の試験を迎えた。

あれから五時間五〇分。気がつけば状況は、市倉が書いた脚本に従って動いていた。加藤はじっと、市倉を睨みつけていた。加藤に向かって、市倉は静かな口調で言った。

「たぶん、オレとお前の能力はよく似ているんだと思うよ。だから想像がついた。オレがみえるのは不幸な未来ばかりだから、なんとかそれを回避しようとする。もしお前がみたのが望み通りの未来なら、反対に、その通りになるように行動するはずだ。それを確信したのは、お前がオレに電話をかけてきたときだった。どうしてナンバー1、加藤仁がオレに協力すると言い出したのか？　答えは簡単だ。オレがあっさり今夜の試験をリタイアするんじゃないかと、お前は不安になったんだ。きっと、ほんのわずかな不安を払拭したかったんだと思うよ。でもオレがあの倉庫でリタイアしてしまったら、ここまでこないんじゃないかと考えた。それでは未来が変わってしまう。今夜の試験のクライマックスで、オレはここに転がってないといけなかった」

脚本を読み上げるように、市倉は淀みなく告げる。その声は淡々としていた。思い出す。昔からそうだ。本当に嫌いな相手には、市倉は感情をみせない。

「そこで、オレの目的がはっきりとした。オレとお前がみた未来を再現するんだ。まったく同じシーンが生まれるように、カメラの前で演じるんだ。その裏で、カメラに映らないところで役者たちに脚本を回していくんだ。死体のふりをしたオレがこの部屋に運び込まれたとき、お前は安心しただろう？　まったくあの未来の通りになったんだから。それで、のこのこと出てきたんだ。せっかく舞台裏に身をひそめていたのに、お前まで舞台に上がったんだ。もちろんそうすることはわかっていたよ。だってクライマックスで、お前は窓辺に立たなければいけないんだから」

「うるさい」

と、加藤が叫ぶ。

「黙れ。うるさい。私は――」

彼の声を遮って、市倉は続ける。

「お前を騙しきるために、まず思いついたのは高橋の能力だったよ。ビジョンだったか？　あれを使えば、面倒なことをせずにお前を騙せるんじゃないかと思った。窓の外を落ちていく仲秋をお前にみせればいいんだから。でもすぐに諦めた。だってお前が、ビジョンを警戒しないはずがないんだから。必ずお前は高橋を排除しようとするし、下手に動けばこっちの思惑が知られてしまうかもしれない。だから――」

内心で、私は頷く。

実際に、加藤は穂積に指示を出し、高橋を排除した。試験範囲外の立体駐車場に閉じ込めるように提案した。このビルから少しでも高橋を遠ざけようとした。市倉はまだ、この辺りの具体的な動きは知らないだろう。知るタイミングはなかったはずだ。だが大枠では、加藤は市倉の推測通りに行動している。

「だからビジョンは、餌にすることにしたよ。まるでお前の予定通りに物事が進んでいるように、錯覚してもらう材料にした。その辺りの動き方は、高橋とよく話し合ったよ。もちろんあいつは嫌がったが、最終的には飲んでくれた。穂積が想像以上に優秀だったのはオレの誤算だけど、お前の方が驚いたんじゃないか？」

加藤に向かって、市倉は初めて微笑む。

挑発的な笑みだった。

「聖沢と高橋が名前も能力も入れ替えていたって知ったとき、どんな気持ちだった？　その表情がみえなかったのが残念だよ。ほら、オレは海辺の倉庫で寝たふりをしていたあいだに、高橋からそのことを聞いていたからさ。笑いをこらえるのに必死だった。きっとお前はモニターの向こうで、すべてわかってる気になってたんだろうけど、本当は誰よりも騙されていたんだ。滑稽だろう？　他人事ならお前だって笑うさ」

「黙れ、と私は言った」

加藤は皺だらけの右手に、拳銃を握っていた。

「なにを優越感にひたっているんだ？　力関係を間違えてはいけない。お前はさっさと、逃げ出さなければならなかった。こちらは銃を持っていて、お前らは丸腰だ」

「事故死にみせかけなくてもいいのか？」

「上手く死体を隠してみせるよ。ものを隠すのは得意なんだ。死体が絶対にみつからない未来を、すぐにみつけてやる」

「無理だよ。お前にオレたちは殺せない」

市倉はまだ笑っている。

「オレにも超能力があるんだ。やばい未来がみえるんだよ。今はなにもみえないから、オレたちは無事ってことだ」

轟音(ごうおん)で、部屋が揺れた。

加藤が引き金を引いた。だがそんなもの、もう怖くはなかった。弾はどうやら、私から三メートルも離れた壁にぶつかったようだった。振り返るとその跡がみえた。

この夜、二番目に騙されていたのは私だろう。一番はもちろん、加藤だ。彼は今もまだ騙され続けている。

「市倉の話を聞いていなかったのか?」

と、そう言ったのは、高橋だ。

「穂積は優秀だよ。市倉の想像以上に、優秀だった。だからオレも、ここにいる」

市倉が語り始めたときにはもう、彼の隣に高橋が立っていた。私にも、もちろん市倉にも彼の姿はみえていた。だが加藤だけはそうではなかった。ビジョン。視界を操る能力はやはり強力だ。きっと加藤の視界だけから、高橋は消えていた。

今、この部屋で、加藤だけがまともな視界を持っていない。だから視覚に頼って放たれる、一発目の弾丸は、必ず外れるとわかっていた。

高橋は太い腕を伸ばし、ずらりと並んだモニターのうちのひとつを指す。ナンバー2、穂積のモニターだ。そこには今、綺麗な半月が浮かぶ夜空が映っている。

「スマートフォンがどうして、ずっと夜空を映していると思う？　置いてきたからだよ。こっちの動きを悟られないようにな。あいつもまた、お前に向かって演技を続けていた」

穂積の具体的な動きはわからない。私が知っているのはあくまで、ソラの目を通してみた景色だけだ。

少なくとも穂積は、加藤が指定した立体駐車場まで移動した。拘束された高橋の姿も、立体駐車場の映像もソラのカメラには映り込んでいた。地図の情報にも誤りはなかったから、私も穂積は加藤の指示に従ったものだと思い込んでいた。

でも、そうではなかったのだ。きっと駐車場に車を入れる直前で穂積は高橋の束縛を解き、ふたりでこちらに向かっていた。高橋の気配はなかったから、別行動をとっていたのかもしれない。すでにスマートフォンを手放していた高橋の動向を正確に追うことは不可能だ。あの小さなカメラに向かって、誰もが演技していたなら見破ることはできない。

加藤はまだ銃を構えていた。彼には今も、誰がどこにいるのかわかっていないはずだ。高橋がビジョンを解除する理由はない。でもその銃口は、まっすぐに市倉に向いていた。

銃口の先で、市倉は気の抜けたようなため息をついて、私に向かって微笑む。

「もういいよ」

私は頷く。

市倉は加藤を挑発し続けていたのだ。一発の弾丸を放たせるために。加藤の殺意を明確な形として残すために。理由がなければわざわざ、銃を持った犯人の前で裏側のからくりを語るようなこと、彼がするわけがない。

やはり市倉は、私よりも大人なのだろう。私はとくに理由もなく、ただ優越感のためだけに加藤に向かって告げた。

「この部屋に仕掛けた、貴方の隠しカメラをハックした。もちろん発砲の瞬間もはっきりと映っている。そしてそのデータはすでに、私のＰＣに転送されている」

高橋が笑みを浮かべて、私の言葉を引き継いだ。

「警察にはすでに連絡している。もう数分でここに来るだろう。今夜の馬鹿げたショーも、ようやくお終いだ」

加藤の表情が歪む。それは泣いているようでもあったし、笑っているようでもあった。引きつった、これも泣き声にも笑い声にも聞こえる音が、ひゅうひゅうと彼の喉から漏れていた。

「お前のせいだ。お前がいなければ、お前さえいなければ――」

銃口は正確に、市倉に向いていた。加藤が狂ったように、かちかちと繰り返し引き金を引いた。そのたびに、銃口の先に小さな炎が現れた。

笑うような声で、穂積が言う。

「高橋がここにいて、俺がいないなんて不合理なことを、優秀なナンバー１はもちろん考えていないだろうね？」

彼は手の中の銃を、ひょいと掲げてみせた。

トレード。銃と銃を。だが加藤の手に渡った銃は、ただのライターだ。海岸で聖沢が使ったものだろう。穂積は慣れた手つきで銃から弾倉を抜き出し、それぞれを左右のポケットにしまう。

「まったく、残念だよ。私立探偵なんて言っても、まともに推理をする機会なんてそうそうないものでね。期待していたんだけど、まあ仕方ない。今夜の主役は市倉くんだ」

なんだか場違いな気もしたが、私はつい微笑む。

目の前には市倉がいる。その隣に、穂積と高橋までいる。ならこの部屋に危険はない。一丁の拳銃なんかで、どうにかなる状況ではない。

加藤は表情を引きつらせて、まだ拳銃形のライターをかちかちとさせていた。その姿は滑稽でもあったし、どこか悲しくもあった。

高橋が躊躇いのない足取りで加藤に近づき、その腹を重たい腕で殴る。たった一撃で、冗談みたいに加藤が崩れ落ちる。

「ま、正当防衛だろ」

と高橋は言った。

床に転がった加藤は、完全に気を失っているようだった。まるで土下座のような姿勢で両足を折り曲げて、顔を床に押しつけている。

「おや。まだこいつを返してなかったんだけどね」

と、穂積は一台のスマートフォンを取り出してみせた。ナンバー1、加藤仁のスマートフォンだ。そのモニターをみて、疑問が氷解する。

市倉がいつ、どんな方法で「脚本」を演者たちに回したのか、はっきりしなかったのだ。

あの三〇分間の狸寝入りのあいだに、高橋と桜井を味方に引き込んだのは間違いない。桜井に言い含めておけば、聖沢と日比野には、ヘリの中で計画を伝えることができただろう。あの激しいプロペラの音の中では小声までは拾えないし、カメラに映らないところで筆談を使ってもいい。でも穂積にだけは、説明をする機会がなかったはずだ。

いつ、穂積が市倉の脚本を受け取ったのか？

――答えは、猫の動画だ。

あの、駐車場での取り引きのとき、穂積はナンバー1のスマートフォンを受け取った。そのの画面では猫がトイレットペーパーにじゃれつく動画がループで再生されていた。ソラの目を奪うため、バッテリー切れを狙って市倉がそうした。でもそこには、もうひとつ理由があった。ナンバー1のスマートフォンのモニターには、付箋が張りつけられていた。荒っぽい字でこう書かれている。

――ソラは偽物。3番が用意したが、1番も盗み見ている。敵は1番。上手く騙せ。

たしかにモニターの表面は、いちばんのカメラの死角だ。このメッセージを読んだとき、思わず浮かべる怪訝な表情に説得力があるだけの動画を、市倉は用意していた。たしかあのとき穂積でさえ、露骨に眉を寄せたのだ。あれは猫の動画ではなく、このメッセージに向けられたものだったのだろう。

私は今夜の試験を支配するつもりでいた。いってみればモリアーティーになるつもりだった。でも私の役割は、強いていうならワトスンだった。でも、ワトスン役としても不完全だったと認めざるを得ない。探偵役が誰なのかも知らず、ホームズまで騙そうとしていたのだから。実際のところ、危機一髪で主人公に救われる、被害者にさえなりそびれた登場人物Aでしかなかった。

私はもう一度、市倉の顔をみつめる。

市倉もちょうどこちらをみて、目が合った。

「嘘をついたことを、君に謝らないといけないと思ってたんだ」

加藤と向かい合っていたときよりも切実な目つきで、彼は言った。

「本当は、ソラが死んでいることを知っていたんだよ。事故に遭った彼女をみつけて、君が道端で泣く未来をみたんだ。それが嫌で、嘘をついた。あとでこっそりソラを埋めてしまうつもりだった。でも上手くいかなかった。たぶんあのときオレは、正直でいるのが最良だった」

私は息を吐き出す。

「知ってたよ。そんなこと」

もちろん真相に思い当たったのは、ほんの少し前、彼が本物の能力者だと確信してからだった。でもずっと前から、八年前のあの日から、市倉は優しい少年だと知っていた。その内容は勘違いしていたけれど、彼が嘘をついたなら、私のための嘘だと知っていた。それだけは一度も疑わなかった。

「あれは、誠実な嘘だった」

と私は言う。

ほんの何時間か前なのに、もうずっと昔のことのように感じる。市倉は穂積に告げた。

――誠実な嘘にはルールがみっつある。

ひとつ目は、自分のための嘘ではないこと。ふたつ目は、相手が信じるまで嘘をつき続けること。ソラが事故に遭ったとき、彼は少なくとも、それを達成しようとしていた。たまたまソラの死を知る人が近くにいただけで、そんな偶然がなければ、私は彼の嘘を信じていた。

でも市倉は首を振る。

「あれは、そうじゃなかった」

「どうして?」

「みっつ目のルールに反していた」

「じゃあ、みっつ目はなに?」

それがいちばん大事なんだ、と彼は言っていた。

市倉は微笑む。

「ネタばらしで、だました相手と一緒に笑える嘘であること」

ああ、それなら。今夜、彼が私についた嘘こそが、誠実な嘘だった。誠実で、きっと最良の嘘だった。

私は彼にありがとうと伝えなければならなかった。今夜のことも、八年前のことも、どちらも。言葉だけでは足りないけれど、まずは言葉で伝えなければならないのだとわかっていた。

でも私が口を開くよりも先に、電子音が鳴り響く。ぴりり、ぴりり、ぴりり——と騒々しい音だ。穂積と高橋が揃って辺りを見回す。そんな中で市倉だけが、軽く首を傾げてみせた。

「そういや、タイマーをセットしてたんだった」

「タイマー?」

「ほら。オレの携帯、こいつが持ってるみたいだからさ」

市倉は加藤に歩み寄り、彼のポケットから、古臭いデザインの黒い携帯電話を抜き取った。そのモニターをこちらに向ける。

「四月一日になった。試験は終了だ」

時刻表示には、確かにゼロが三つ並んでいる。すべての嘘が明らかになってからエイプリルフールを迎えるなんて、なんだか馬鹿げているなと思った。たった六時間の試験が、ずいぶん長かったように感じた。

「結局、合格者はいなかったたってことね」

と私はつぶやく。

「ん?」

と市倉が首を傾げてみせた。

「だってそうでしょう? 試験終了の時点で、採用通知を持っていたのは加藤。でも彼はこれから警察に捕まる。法的に裁かれるようなことをしたら失格っていうのは、ハルウィンが定めたルールよ」

呆れたように、高橋がため息をついた。

「おいおい、オレがただの善意で、知りもしないお前を助けに来たと思ってんのか?」

市倉が補足する。

「仲秋に渡した採用通知は、桜井に作ってもらった偽物だよ。本物はあっち」

彼はモニターを指さした。最後まで生き残った、ふたつのスマートフォンのうちの一方、聖沢巧のモニターだった。そこには笑みを浮かべてこちらに採用通知をみせる、聖沢の姿が映っている。背後に並んでいる数人の男は、本物の試験の運営員たちだろう。

私は思わず、吹き出してしまった。

今夜の嘘はまだもうひとつ残っていた。聖沢巧の嘘。最終試験の参加者で唯一、彼だけが本物の超能力者ではなかった。ハルウィンはその嘘を見破れず、彼を採用することになる。そして本物の超能力者たちはまだ世の中に発見されないまま、こっそりと生きていくのだろう。

※

誠実な嘘のルールはみっつ。

ひとつ目は、自分のための嘘ではないこと。

ふたつ目は、相手が信じるまで嘘をつき続けること。

みっつ目は、ネタばらしで、だました相手と一緒に笑える嘘であること。

ならその嘘の最後は、騙された方の言葉で締めくくられるはずだ。

私は何度も「ありがとう」と言おうとした。けれど、なんだかエイプリルフールには向かない言葉のように思えて、結局それを口にできなかった。

ほどなくサイレンの音が聞こえて、嘘つきたちの夜は終わりを迎えた。

エピローグ

約束の時間よりも五分ほど早く、日比野瑠衣はカフェに姿を現した。

そのとき私はオープンテラスでカフェオレを飲みながら、この数日で作成した資料に目を通していた。先に足元のシドが気づき、唸り声を上げた。資料から顔を上げると彼女がいた。

日比野との再会に四月四日を選んだのは、互いのスケジュールの都合だ。今日が聖沢の入社日だということには後から気づいた。あの男が大企業の社員になるというのは、あまり想像できないが、まあ知ったことではない。

向かいの席に腰を下ろし、日比野は気難しそうに眉を寄せた。

「こんにちは」

と彼女は言う。

「こんにちは。どうしたの、その頭」

と私は尋ねた。試験のときには鮮やかな金髪だった彼女の髪が、今は黒く染まっていた。

「金髪って嫌いなんだよね。慣れるかと思ったけど、やっぱりしっくりこなくって」

「ならどうして金髪にしたのよ?」

「なんとなく。私って黒髪だとなんか暗くない？　あんま好きじゃないんだよね、この髪。べたっとしててさ」

「そう？　癖もないし、ロングにすれば綺麗だと思うけど」

よく晴れた青空の下でみる日比野の印象は、試験の最中とはずいぶん違っていた。もちろん髪の色の違いもあるだろうが、表情もどこか気弱で、内気なお嬢さんという感じだった。店員が注文を取りにきて、彼女はオレンジジュースを注文する。

「で、なんの用なの？」

「ちょっとあの試験のことをまとめてて、貴女に訊きたいことがあったのよ」

「いまさら？　どうして」

「ほんの知的好奇心。ほら、これ」

私は先ほどまで目を通していた資料を日比野に差し出す。彼女はそれを受け取って、目を細めた。今日は陽射しが強いから、白いプリント用紙がそれを反射したのだろう。

かまわずに私は続けた。

「貴女だけが、わからないのよ」

資料の一枚目は、それぞれの参加動機とその結果だ。

※

ナンバー1、加藤仁。

仲秋美琴を事故死させるために参加。

結果は失敗。

ナンバー2、穂積正幸。

金のために参加。ただし最終試験の直前にブルーウォーカー社員を装った仲秋美琴からの依頼を受け、そちらを優先する。

結果、採用はされなかったが、聖沢巧から五億七五〇〇万、仲秋美琴から一五万の報酬をそれぞれ得る。

ナンバー3、仲秋美琴。

ハルウィンの社員になり、超能力に関する不当な研究を告発するために参加。

結果は失敗。

ナンバー4、日比野瑠衣。

参加目的不明。

ナンバー5、高橋登喜彦。

聖沢巧をハルウィンの社員にするために参加。

結果は成功。

ナンバー6、聖沢巧。

ハルウィンの社員になるために参加。

結果は成功。

ナンバー7、市倉真司。

仲秋美琴が死亡する未来をみて、それを防ぐために参加。

結果は成功。

※

日比野が資料を読んでいるあいだに、テーブルにはオレンジジュースが届いた。

私は顎に手を当てる。

「並べてみると、私と加藤以外はだいたい目的を達成してるのよね」

日比野は顔をしかめた。

「あんたも別に、失敗ってわけでもないでしょ？　ハルウィンはそもそも、超能力者の研究なんてしてなかったんだからさ」

「加藤がそう言ってるだけよ。会社のトップが超能力者に興味を持っているのは事実だし、あいつが知らないところで研究が行われているかもしれないでしょ」

「疑り深いね、あんたも」

とはいえ、私も内心では、ハルウィンの噂はただの噂――というか、加藤の嘘だったのだと思っている。繰り返しハルウィンのコンピュータをハッキングしたが、気になったのは加藤に関係するデータだけだった。彼がよほどひねくれた嘘つきでなければ、つまりあの一二〇億を着服したという話が嘘で超能力者の研究の方が真実だなんてことがなければ、ハルウィンは白だろう。

「で、なんにせよ貴女だけ目的がよくわからないのよ。本当にお小遣い稼ぎだったの？」

日比野はもう一度、目を細めて資料に視線を落とした。あるいは私から目を逸らしたのかもしれない。

「あんたの目的も、なんかふわふわふわしてるけどね。どうして本当にいるのかもわかんない超能力者のために、あんな面倒なことしたわけ？」

「それは――」

つい適当な嘘で誤魔化そうかと思ったけれど、止める。別にいまさら、なにかを隠す必要もない。そもそも隠すような秘密もない。少し気恥ずかしいだけだ。

「仲間が欲しかったのよ」

日比野が首を傾げる。

「超能力者を集めて、世界征服でも目指すわけ？」

「そんなわけないでしょ。同じように超能力のことを隠している友達が欲しかっただけ」

つまり私は、ずっと市倉を捜していたのだ。あのころの彼のように、なにかを隠す必要のない友達を、ひとりみつけられればそれでよかった。

「私もそれだよ」

と日比野は言った。彼女は不貞腐れたように顔をしかめている。

「私、友達っていなくってさ」

「そうなの？」

「昔はいたんだ。小学生くらいのころ。でも、いなくなった」

どうして、とは尋ねなかった。いろいろな事情があるのだろう。

――人をコピーするのは、もう嫌だ。

と日比野は言った。泣きながら言った。おそらく彼女が人間に対してフェイクを使ったのは、あれが初めてではないのだろう。あのときの彼女は、市倉をコピーしたのとも違うことを考えていたような気がする。あるいは日比野に「友達がいなかった」事情には、その辺りのことが関係しているのかもしれない。人間をコピーするようなこと、たいていの状況では許されはしないだろう。

超能力者が相手であれば、超能力のことを明け透けに語り合えると思っていた。でも、実際にはそんな簡単な話でもないようだ。相手が誰であれ、深い失敗やその結果起こったことについては、話したくなんてないはずだ。

代わりに尋ねる。

「で、成功したの？」

「なにが？」

「だから、友達作りよ」

「どうかな」

日比野はオレンジジュースのストローに口をつけてから、続ける。

「市倉は良い奴だよ。なに考えてんだかよくわかんないけどね」

「昔っからあんな感じよ。すぐトラブルに巻き込まれるし」

「そうなの？」

私は頷く。

「どっちかというと、自分から首を突っ込んでるのかもね。普段はなんかぼんやりしてるからよくわからないけれど」

私は日比野から資料を受け取り、ボールペンで「参加目的不明」という文字に線を入れた。隣に「友達作り。結果は不明」と書き足す。

「ところで、聖沢から報酬はもらえたの？」

と尋ねてみる。

日比野は首を振った。

「そういや、うやむやのままだね。ま、どうでもいいよ。結果的に私は、採用通知を売れなかったわけだからさ」

「もったいないわね。私の予想では、貴女はあの試験でなかなか良いところまで行ってたんじゃないかと思うんだけど」

「予想？」

「これ、みて」

私は資料の一枚目をめくり、もう一度彼女に手渡した。そこにはあの試験中、参加者がどう行動したのか、時間ごとにまとめている。穂積と桜井にも協力してもらったから、内容にはそれなりに自信がある。

※

――一八時。

試験開始。

日比野は採用通知を持って逃走。市倉、穂積、高橋（当時は聖沢のふりをしていた）がそれを追う。

日比野がフェイクを使用。採用通知のコピーを創る。穂積はコピーと発炎筒をトレード。直後、運転席の高橋が穂積に対してビジョンを使用。高橋の車が海に落ちる。

そこに聖沢（当時は高橋のふりをしていた）が現れ、拳銃形のライターで穂積を脅す。海から上がった高橋が聖沢を倒すふりをし、聖沢が持っていた高橋自身のスマートフォンを踏み潰す。

日比野が逃走。市倉が聖沢の車でそれを追う。

穂積はレンタカーを借りに駅前へ、高橋は見張りと称して聖沢の隣で待機。

日比野の車を聖沢の手下たちが取り囲み、彼女は車を失う。そこに市倉が辿り着き、共に逃走。

穂積はレンタカーで再び高橋、聖沢の元へ。気を失ったふりをした聖沢をトランクに積み込む。


――一九時。

市倉と日比野のあいだで「ナンバー3」に接触するか否かで意見が割れる。ふたりはともかく駅前に向かって移動。その間、聖沢の手下たちの襲撃を受ける。

穂積たちが乗った車に、警察官のふりをした聖沢の手下が近づく。穂積は車から逃げ出し、高橋と別行動をとる。このとき、高橋が持っていたナンバー6のスマートフォンが聖沢の手に戻る。

タクシーを装った聖沢の手下の車に乗り込んだことで、日比野が海岸近くの倉庫へと連れ去られ、桜井に会う。

市倉の元に、穂積から電話がある。市倉は穂積に、連れさられた日比野を追いかけるよう指示。

　その直後、仲秋がハルウィンの人間を装って穂積に電話をかける。事前に依頼していた内容通り、「試験で問題が起こるのを防ぐため」市倉の救出を穂積に指示。この時点では、聖沢の手下たちの危険性がわからなかったことが理由。

　日比野は桜井から、採用通知を売るよう持ちかけられる。そこに、車に乗った聖沢が現れる。このとき高橋は、「海に沈んだ三億円」を用意するために行動していた。

　市倉は聖沢の手下たちに追われながらナンバー3を捜すが、そのスマートフォンを持っていたのはシド。シドは市倉のことを覚えていたようだ。

　聖沢の手下たちに取り囲まれた市倉の元に穂積が辿り着き、彼を救出する。


——二〇時。

　加藤が市倉に電話をかけ、協力すると申し出る。理由は加藤が能力でみた未来を再現するため。

　市倉は穂積、シドと共に、海岸近くの倉庫に移動。

　穂積は依頼内容（「今夜の試験を安全に終えること」と「穂積自身が採用者になること」）を達成するため、他の参加者たちをリタイアさせていく方針を決める。

　市倉、穂積は桜井との交渉を開始。途中、倉庫に現れた高橋が、聖沢のふりを続けるためビジョンを使用。ずっと車の中にいた風を装った（ソラのカメラにビジョンの効果はないが、カメラアングルの影響でこの演技に仲秋、加藤も気づかなかった）。

穂積の計画通り、交渉は成立しなかった。穂積は助手席に日比野、後部座席に聖沢を乗せたまま車で逃走。ナンバー3のスマートフォンをタイヤで踏み潰す。

このとき、穂積が奪った採用通知はビジョンによって誤認させられた、桜井が用意した契約書だった。穂積は採用通知を手に入れるため、市倉との交渉を開始。だが採用通知を持っていたのは、日比野だった。


――二一時。

市倉は「シドのためのキャリーケース」を購入させるという名目で、桜井をドン・キホーテに向かわせる。さらに「三〇分眠る」と嘘をつき、スマートフォンから離れたところで高橋と交渉、打ち合わせを行う。高橋は聖沢を採用させることを条件に、全面的に市倉に協力する。

高橋は桜井に連絡を取り、市倉の指示通り、追加で買い物をさせる。用意したものは、ソラに対してもオープンにされていたキャリーケースと偽物の採用通知に加え、血糊、付箋、ペン。また、採用通知は二部作られていた。

一方で加藤は、穂積に「ビジョンの能力者」を排除させるため、電話をかけて協力を申し出る。

市倉と穂積のあいだで取り引きの話がまとまる。

――二二時。

市倉と穂積の取り引き開始。

ナンバー1のスマートフォンが市倉から穂積の手に渡る。その画面に張り付けられていた付箋で、穂積もソラの真相を知る。

取り引きの途中、加藤から穂積に電話。穂積の信用を得るため、市倉が用意した採用通知は偽物であり、本物は日比野のジャケットのポケットにあると伝える。このとき、バッテリー切れでナンバー1のスマートフォンは使用できなくなる。

穂積はトレードで日比野のジャケットを奪ってその場を立ち去る。

残された市倉と日比野は、聖沢の手下たちに取り囲まれる。日比野はヘリに乗せられ、その中で桜井から、市倉の計画を聞かされる。

穂積が聖沢と合流。また、後ろから追いかけてきた高橋と合流。聖沢と高橋が名前を入れ替えていたことを知らされる。

採用通知を手に入れた聖沢は、ヘリに乗って逃走。高橋は市倉の計画に乗り、気を失ったふりをする。穂積の元に加藤から電話があり、高橋を排除する方法を伝える。穂積はそれに従うふりをする。

――二三時。

ソラによって、ハルウィンの係員がいる場所がアナウンスされる。ただしソラが語るルール自体に多くの嘘があり、係員は参加者のひとり、仲秋が演じているもの。

市倉は「加藤の計画通りに物事が進んでいるようにみせかけること」を目的として、ヘリから落ちて死亡したふりをする（「フェイクで人をコピーした場合の実験」も兼ねていたのかもしれない）。このとき、市倉が持っていたナンバー4のスマートフォンが破損。

聖沢が偽物の採用通知を仲秋に届ける。仲秋はソラを操作し、試験終了のアナウンスを流す。

加藤が仲秋の前に現れ、ブルーウォーカーの金の不透明な動きの真相を語る。さらに銃をみせることで仲秋を混乱させる。

仲秋はビルの屋上に逃げ、そこでヘリを降りた日比野に会う。日比野のフェイクにより、コピーされた仲秋が落下。それを加藤、市倉が窓越しに目撃する。

仲秋は市倉たちがいる部屋に戻り、ほぼ同じタイミングで穂積、高橋も現れる。

市倉のネタばらしにより怒った加藤が発砲。その様子を加藤自身が用意していた隠しカメラで撮影した。


――二四時。

採用試験終了。

最終的に採用通知を手にしていた聖沢の元に本物の運営員が現れ、勝者に認定する。

加藤は現れた警察に連行された。

※

「よくこんなの作ったね」

と日比野は呆れた様子だ。

その声に皮肉が滲んでいることには気づいていたけれど、私は素知らぬ顔でカフェオレに口をつける。

「純粋な知的好奇心よ」

「嘘。市倉に騙されたからくやしかったんでしょ?」

「すっきりわからないのが嫌いなだけ。そんなことよりも、ほら――」

私は二二時台に記載されている一行を指さす。

「加藤は採用通知が、貴女のジャケットのポケットに入っていることを知っていた。どうやって知ったんだと思う?」

「ソラのカメラでみてたんでしょ?」

「いいえ、ポケットに採用通知を入れるところは映ってなかった。予想すれば当てられたのかもしれないけれど、外すリスクもあるし、そうなると穂積の信頼を得られない」

採用通知があるのはパンツのポケットかもしれないし、ジャケットの下には別のポケットがある服を着ているかもしれない。たとえば靴の中に隠すことだって、できなくはない。でも加藤は、ジャケットのポケット――しかも、ファスナーがついているポケットだと明言した。

「加藤はきっと、貴女が採用通知を取り出す未来をはっきりとみたのよ」

「へぇ、それが?」

「ソラは意外と視界が悪い。それに、本当に大事な場面は、たいてい音しか聞こえない。みんなスマートフォンを手に持ってくれないから。しかもあの取り引きは、試験の終盤だった」

加藤はいったい、どんな未来をみたのだろう? 日比野のポケットから採用通知が取り出されるところを、はっきり目撃できる瞬間。それは意外に、限られているように思った。

「ある未来では、係員のふりをした私の前に立って採用通知を差し出すのが貴女だった。そんなこともあるのかもしれない」

具体的な根拠はない。真実を知っているのは加藤だけだろう。いまさら、こんな好奇心を満たすために、加藤に会おうとは思えない。でも、なんとなくそんな気がしたのだ。

日比野は思いのほか、興味なさそうにオレンジジュースを吸い上げる。

「ま、どうでもいいよ。結局はそうならなかったんだしさ」

「でも気にならない? 貴女があの穂積や高橋を出し抜いていたかもしれない」

「別に。未来なんてそんなもんでしょ。ぐじゃっといろんな可能性があってさ、その中のひとつだけが現実になるんだよ」

ま、そうかもしれない。たしかに現実にならなかった未来のことなんて、いちいち考えても仕方がない。

足元で行儀よく座っていたシドが、ふいに耳をたてて、嬉し気な鳴き声を上げた。

シドの視線を追うと、市倉がいた。彼は両手をポケットに突っ込んで、通りの向こうからぼんやりした表情で歩いてくる。一見する限りでは、とても知的にはみえない。一、二時間喋るくらいではなかなか頭がよくみえないのが、彼のすごいところでもある。

日比野が顔をしかめる。

「あいつも呼んでたの？」

「ええ」

今日は命を救ってもらったお礼に、ふたりにランチをご馳走することになっている。食事が終わるまでには、素直に「ありがとう」と言いたいところだ。

「スマートフォンを弁償するって言ってたわよ。ほら、貴女の、壊しちゃったでしょ」

「いつの話してんのさ。もう新しいのにしたよ。なんか保険みたいなので、タダでもらえた」

今の時代、スマートフォンが壊れたなら、翌日には新しいものを手に入れるのが普通だろう。彼はそういうところが抜けている。

「じゃあ代わりに、あいつの携帯をスマートフォンに買い替えさせましょう」

市倉は意外に意地っ張りだから、なかなか首を縦には振らないだろう。でも日比野のスマートフォンのことを持ち出せば、あいつは断れないはずだ。

彼にはその未来がみえているだろうか？

私はつい笑って、市倉に向かって手を振った。

解　説

大森　望

『サクラダリセット』の河野裕が、ふたたび超能力者たちのドラマに挑む！

……というわけで本書は、さまざまな特殊能力の持ち主が集う街を舞台にした青春ＳＦ『サクラダリセット』でデビューした著者による、文庫書き下ろし最新長編。全七冊のシリーズに発展した『サクラダリセット』は、ご承知のとおり、今春、実写映画化＆ＴＶアニメ化が実現。さらに、《つれづれ、北野坂探偵舎》シリーズと、『いなくなれ、群青』に始まる《階段島》シリーズがともに大ヒットし、河野裕は、いま大きな注目を集めている。『最良の嘘の最後のひと言』は、その彼にとってひさしぶりの超能力もの。ただし今回は、ミステリに力点が置かれている。

小説の核は、インターネット黎明期に創業し、検索エンジンとＳＮＳで世界的な成功を収めた巨大ＩＴ企業のハルウィン。就活生のあいだでは、入社したい企業ナンバーワンとして圧倒的な人気を誇るが、当然、めったなことでは入れない。そのハルウィン本社が、定期採用とは別に、前代未聞の入社試験を実施する。採用枠はたった一名。合格者には年収八〇〇〇万円が保証される。応募資格はただひとつ、「超能力者であること」。

この〝狭き門〟をめざして約二万人の応募があり、その中から、書類審査と面接を経て、「本物の超能力者かもしれない」と認められた七名の候補者が最終試験に駒を進めることに。

試験エリアは、新幹線の某駅から半径五キロメートルの範囲内。最終試験は三月三一日の一八時にスタートし、二四時に終了する。最終候補の七名には、有する能力が採用に有利と思われる順にナンバー1からナンバー7まで番号が振られ、ナンバー1にはあらかじめ採用通知書が送付されている。試験終了時にこの採用通知書を手にしていた一名が、超能力者としてハルウィンに雇用される。つまり、持てる能力と知恵とあらゆる手段を駆使してこの採用通知書を奪い（あるいは守り）、それを保持したまま二四時を迎えることがこのゲーム（採用試験）の勝利条件となる。

かくして、候補者たちは最終試験エリアに集合。さあ、ゲームの始まりです——というわけだが、なにしろ世界的な企業のれっきとした採用試験なので、『バトル・ロワイアル』（高見広春）みたいな殺し合いは、もちろん御法度。警察に捕まるような違法行為が発覚した場合、その候補者はただちに失格となる。

特殊能力者同士が火花を散らす戦いと言えば、小松左京『エスパイ』や筒井康隆『七瀬ふたたび』、大友克洋『童夢』、冲方丁『マルドゥック・ヴェロシティ』、恩田陸『夜の底は柔らかな幻』などなど、思いきり派手なアクションが思い浮かぶところだが、若干の物理的サイキック能力や肉体的暴力は使われるものの、本書のバトル・ロワイアルは主に頭脳戦。

そもそも候補者全員がハルウィン入社を目指しているとはかぎらず、中には金銭的な利益（年収八〇〇〇万円）を目的とする人物もいるので、交渉次第でライバルを味方につけることも可能。さらに、題名の『最良の嘘の最後のひと言』が示すとおり、本書のキーワードは嘘。いかにうまく嘘をついて相手を騙し、まんまとだしぬくかが焦点になってくる。つまり本書は、たいへん珍しい（もしかしたら史上初めてかもしれない）超能力者たちによるコンゲーム小説なのである。

ちなみに、con game とは confidence game の略で、直訳すると「信用詐欺」。相手を信用させて金品を騙しとる行為（またはその詐欺師）を意味するが、ミステリの世界では、そういう騙しのテクニックを描く（しばしば読者まで騙してしまう）物語を指して〝コンゲームもの〟と呼ぶ。ふつうは騙す側から描くんですが、本書の場合、だれがだれを騙しているのかわからない（騙していると思っているほうも実は騙されているかもしれない）多重詐欺構造が特徴。しかもそこに、さまざまな（いかにも詐欺に役立ちそうな）超能力がからんでくるので、ますます気が抜けない。〝最良の嘘〟とはいったいなんなのか、そしてその〝最後のひと言〟とは？

最終候補者たちが有する（とされる）能力は、第二話の扉裏にまとめられているとおり、行動の結果を事前に知る予知能力「フォーサイト」、対象となるふたつのものの位置を入れ替える「トレード」、対象物の複製（ただし一定時間が経過すると消滅する）を生み出す「フェイク」、遠方の対象物を引き寄せる「アポート」などなど、ちょっと変わったものが多い。『サクラダリセット』に出てくる「リセット」や「記憶保持」ほど特殊ではないにしても、テレパシーや透視、瞬間移動、テレキネシス、サイコメトリーとかのポピュラーな(?)超能力からは外れている。

こんなへんな能力者ばかり集めて競わせるって、どんな企業だよ！　と突っ込む人もいるでしょうが、《サクラダリセット》や《階段島》シリーズでわかるとおり、およそありえない設定から説得力のある物語を紡ぎ出すのが河野マジック。本書でも、登場人物たちの持つ特殊な能力やそれぞれの背景が組み合わさって最大限の効果を発揮し、思いがけないサプライズを生む。最初のうち違和感を抱きながら読んでいた人も、ページが進むにつれて、それぞれのピースが意外な場所にぴたりぴたりとハマってゆく快感を味わい、なるほど、そうだったのかと膝を打つはず。語り口のうまさも特徴で、個性あふれるそれぞれのキャラクターはもちろん、候補者たちのナビゲーターをつとめる独自開発のスマートフォン用アプリ「ソラ」がいい味出してます。

ついでに、書かずもがなの注釈めいた説明もつけ加えておくと、折に触れて作中に流れるテーマソング「ジ・エンターテイナー」(The Entertainer)は、ラグタイム王の異名をとるスコット・ジョプリンが作曲して、三四歳のとき(一九〇二年)に発表した軽快なピアノ曲。テレビCMやバラエティ番組やドラマでさんざん使われているので、題名に覚えがない人も、スマホで検索してメロディを聴けば、ああ、これかと思い当たるはず。なにしろ古い曲なので、一時はアメリカ本国でもほとんど聴かれなくなっていたらしいが、一九七〇年に出た(この曲を含む）ジョシュア・リフキンのピアノ演奏によるアルバム *Piano Rags By Scott Joplin* が大ヒットし、全米ビルボード1位を獲得。たまたま（十三歳の息子にすすめられて）そのアルバムを聴いた映画監督のジョージ・ロイ・ヒルが、そのときつくっていた映画にぴったりだと直感し、この「ジ・エンターテイナー」をテーマ曲に選ぶ。その映画というのが、コンゲームものの代名詞とも言うべき不朽の名作「スティング」だった。

ポール・ニューマンとロバート・レッドフォードが主演した「スティング」は、アカデミー賞作品賞、監督賞、歌曲・編曲賞など七部門を受賞。「ジ・エンターテイナー」は、映画の大ヒットとともに全世界に知れ渡ることになる。言ってみれば、コンゲーム界のアンセムみたいな曲ですね。小説の中で、一話の冒頭からそれを流すのは、「いまから『スティング』をやるので騙されないでね」と宣言するにもひとしい。しかも本書では、何度もくりかえし「ジ・エンターテイナー」が鳴りつづけ、騙されないようにと読者に念を押す。それでもきっと騙されるけどね――という著者の自信のあらわれのようにも見える。

実際、二転三転する物語の真相と着地点を予想できる読者はまずいないだろう。この手の小説はそれなりにたくさん読んできているつもりの私も、きれいに騙されました。まさか、そんな仕掛けがあったとは……。最後まで読むと、作者の周到なプランに脱帽するしかない。参りました。

さて、河野裕の作品が創元推理文庫から出るのは本書がはじめてなので、このへんで著者の略歴を紹介しておこう（〈かつくら〉２０１５秋号掲載のロングインタビューを参照し、適宜引用しました）。

河野裕は、一九八四年、徳島県生まれ。小学生のとき学級文庫で出会ったミヒャエル・エンデ『モモ』と岡田淳『二分間の冒険』をきっかけに「小説ってこんなに面白いんだ」と衝撃を受けて本好きになり、中学では夏目漱石と秋田禎信に出会い、ライトノベルと純文学を並行して読み漁る。

小説を書きはじめたのは、高校入学前の春休み。父親にもらったワープロで、三、四カ月かけて三百枚を超える長編を書き上げたという。異世界の砂漠でガンマンが変死体を見つけ、その真相を探るというミステリ仕立ての小説だったそうだから、「栴檀は双葉より芳し」と言うべきか、「三つ子の魂百まで」と言うべきか。

その後、大阪芸術大学芸術学部文芸学科に進み、在学中から、日本のＴＲＰＧ業界の草分けにあたるゲーム（を中心とする）クリエーター集団、グループＳＮＥに参加する。きっかけは、たまたまSNEの新人募集広告を目にしたこと。もっとも、ゲーム制作志望だったわけではなく、作家になるのが目的だった。「当時SNEはすでにライトノベル界で大きな名前でしたから、ここに入ればもしかして作家になれるかもしれないと思って」応募したという。

ＳＮＥには、かつて山本弘が在籍していたし（現在は社友）、いまも友野詳や秋口ぎぐるが所属しているから、なるほど、作家になるためにＳＮＥに入るというルートも考えられなくはない。実際、二年ほど、ゲーム関係の原稿を書きつづけたのち、ＳＮＥに預けていた小説原稿が角川書店の編集者の手に渡り、出版が決まる。二〇〇九年五月、シリーズ第一巻の『サクラダリセット CAT, GHOST and REVOLUTION SUNDAY』が角川スニーカー文庫から発売され、念願の作家デビューを飾った（加筆修正を施して二〇一六年に出た角川文庫版では、『猫と幽霊と日曜日の革命　サクラダリセット1』と改題）。

物語の舞台は、日本のどこかにある街、咲良田。住人の約半数がさまざまな超常能力を持ち（作中では〝能力者〟と呼ばれる）、管理局の監視のもと、外部に知られることなくひっそりと暮らしている。高校一年生の主人公、浅井ケイは、見聞きしたことを完全に思い出す「記憶保持」能力者。同級生の春埼美空は、最大で三日間、時間を疑似的に巻き戻す「リセット」能力を持つが、この力を発動しても、浅井ケイの記憶だけはリセットされない。複数の能力の組み合わせが思いがけない効果をもたらすという構造は、本書と共通する。前述のとおり、全七巻のシリーズとなり、二〇一二年に完結した。二〇一七年春には、『サクラダリセット　過去を取り戻す　前篇』『サクラダリセット　未来を祈る　後篇』として実写映画化（深川栄洋監督・脚本、野村周平、黒島結菜主演）。同時にTVアニメ版も放送開始予定。

その後、死神の少女をフィーチャーした連作短編集『ベイビー、グッドモーニング』（角川スニーカー文庫、二〇一二年）をはさんで、二〇一三年には角川文庫で《つれづれ、北野坂探偵舎》シリーズが開幕する。舞台は神戸・北野坂にあるカフェ、徒然珈琲。元編集者の探偵・佐々波蓮司と、天才小説家・雨坂続のコンビが、幽霊がらみのさまざまな事件の謎を解いてゆく。

二〇一四年には、新潮文庫nexの創刊第一弾として、《階段島》シリーズの開幕編となる『いなくなれ、群青』を刊行。舞台は、捨てられた人々が暮らす階段島。三カ月前、この島にやってきた高校一年生の七草は、幼馴染みの少女・真辺由宇と思いがけず再会する。七草は根っからの悲観主義者で、いつも失敗することばかり考えているが、由宇はその正反対の明るい少女だった。あんなに輝いていた彼女が、いったいだれに捨てられ、なぜこの島にやってきたのか?

『いなくなれ、群青』は、二〇一五年の第8回大学読書人大賞を受賞。一六年には、続編の『その白さえ嘘だとしても』まで含めた《階段島》シリーズとして、読売新聞社主催の「SUGOI JAPAN Award2016」(海外に紹介したいポップカルチャー作品を一般投票で選ぶ賞)でエンタメ小説部門の第2位に選ばれた(1位は伊藤計劃×円城塔『屍者の帝国』)。その後、《階段島》は、『汚れた赤を恋と呼ぶんだ』『凶器は壊れた黒の叫び』と書き継がれ、新潮文庫nexの看板シリーズとなっている。

河野作品の共通項は、超自然的な要素と、細部まで計算された構成、それに思春期の切なさ。奇抜な設定とミステリ的なロジックと豊かな情感が渾然一体となったところに河野ワールドが生まれる。

前出〈かつくら〉のインタビューで、今後挑戦したいテーマを訊かれた著者は、「私の本はミステリーと謳われることが多いので、一度真面目にミステリーに挑戦してみたいなというのはあります。私にとってのミステリーになりますから、超常現象などが平然と出てくると思いますけど、これなら私もミステリーだと認められるっていう小説を書いてみたいですね」と語っている。本書がその小説かどうかはともかく、著者ならではの、緻密かつ大胆なコンゲーム・ミステリであることはまちがいない。騙される快感を心ゆくまで味わってほしい。

本書は文庫書き下ろし作品です。

著者紹介　1984年徳島県生まれ。グループSNE所属。2009年，『サクラダリセット CAT, GHOST and REVOLUTION SUNDAY』でデビュー。著書に〈サクラダリセット〉シリーズ，〈つれづれ、北野坂探偵舎〉シリーズ，2015年の大学読書人大賞を受賞した『いなくなれ、群青』に始まる〈階段島〉シリーズなどがある。

検印
廃止

最良の嘘の最後のひと言

2017年2月28日　初版

著者　河野（こうの）裕（ゆたか）

発行所　(株) 東京創元社
代表者　長谷川晋一

162-0814／東京都新宿区新小川町1-5
電　話　03・3268・8231－営業部
　　　　03・3268・8204－編集部
URL　http://www.tsogen.co.jp
振　替　00160－9－1565
晩印刷・本間製本

ISBN978-4-488-46811-8　C0193

大人気シリーズ第一弾

THE SPECIAL STRAWBERRY TART CASE◆Honobu Yonezawa

春期限定いちごタルト事件

米澤穂信

創元推理文庫

◆

小鳩君と小佐内さんは、
恋愛関係にも依存関係にもないが
互恵関係にある高校一年生。
きょうも二人は手に手を取って、
清く慎ましい小市民を目指す。
それなのに、二人の前には頻繁に謎が現れる。
消えたポシェット、意図不明の二枚の絵、
おいしいココアの謎、テスト中に割れたガラス瓶。
名探偵面などして目立ちたくないのに、
なぜか謎を解く必要に駆られてしまう小鳩君は、
果たして小市民の星を摑み取ることができるのか？

ライトな探偵物語、文庫書き下ろし。
〈古典部〉と並ぶ大人気シリーズの第一弾。

四人の少女たちと講座と謎解き

SUNDAY QUARTET◆Van Madoy

日曜は憧れの国

円居 挽

創元推理文庫

◆

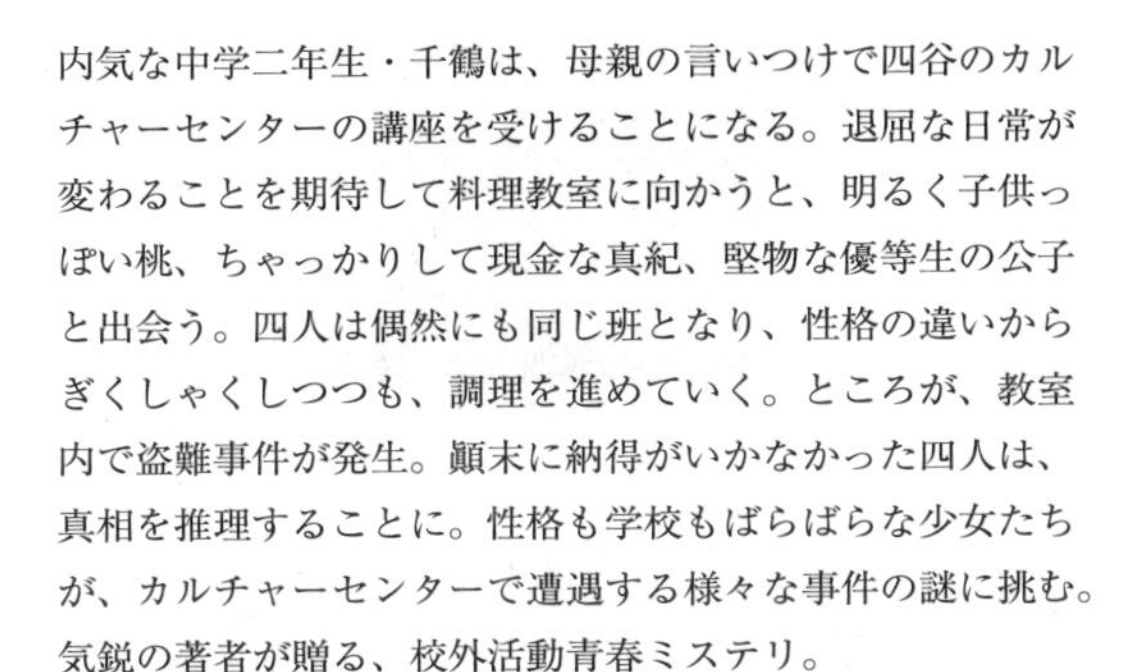
内気な中学二年生・千鶴は、母親の言いつけで四谷のカルチャーセンターの講座を受けることになる。退屈な日常が変わることを期待して料理教室に向かうと、明るく子供っぽい桃、ちゃっかりして現金な真紀、堅物な優等生の公子と出会う。四人は偶然にも同じ班となり、性格の違いからぎくしゃくしつつも、調理を進めていく。ところが、教室内で盗難事件が発生。顚末に納得がいかなかった四人は、真相を推理することに。性格も学校もばらばらな少女たちが、カルチャーセンターで遭遇する様々な事件の謎に挑む。気鋭の著者が贈る、校外活動青春ミステリ。

収録作品＝レフトオーバーズ，一歩千金二歩厳禁，維新伝心，幾度(いくたび)もリグレット，いきなりは描(えが)けない

四六判上製

〈不思議の国〉で起きる奇怪な連続殺人

アリス殺し

小林泰三 KOBAYASHI YASUMI

大学院生・栗栖川亜理は、最近不思議の国に迷い込んだアリスの夢を見る。ある日、ハンプティ・ダンプティの墜落死に遭遇する夢を見たのち、キャンパスの屋上から玉子という綽名の博士研究員が墜落死を遂げた。次に亜理が見た夢の中で、グリフォンが生牡蠣を喉に詰まらせて窒息死すると、現実でも牡蠣を食べた教授が急死する。どうやら夢の死と現実の死は繋がっているらしい。不思議の国では、三月兎と頭のおかしい帽子屋が犯人捜しに乗り出していたが、アリスが最重要容疑者にされてしまう。もしアリスが死刑になったら、現実世界ではどうなってしまう？　彼女と同じ夢を見ているとわかった同学年の井森とともに、亜理は事件を調べ始めるが……。

邪悪で愉快な奇想が彩る、鬼才会心の本格ミステリ。